那一年，那些沒人說的故事

少女老王——著

CONTENTS 目錄

CONTENTS 目錄

感謝每一位勇敢直面病毒威脅的防疫人員，
以及正確戴口罩、消毒雙手、
認真防疫的你。

推薦序

行事曆失靈的日子，與那些拾起故事的人

大坦誠

我永遠都會記得，那是週一的午後，五月十七日，國小三年級，數學課教到第九單元，明天要考國語生字的聽寫，後天社會課要趕進度，大後天水上運動會開始報名了，可是，不對，昨天是不是已經報名完了？

當時我教書的教室一如既往的吵，我翻開學校行事曆要確認時，班上的十五號跑來跟我說：「老師，四號跑步沒戴口罩。」

二〇一二年的你可能會想，跑步是要戴什麼口罩？不會呼吸困難嗎？但二〇二一年的我下意識的對四號說：「你要戴口罩啊，確診怎麼辦？誰來救你？」

四號歪頭想著誰來救他時，疫情又爆發了，三級警戒，全國停課。慌亂之中我要全班把所有東西收拾乾淨，我接著家長一通又一通的電話，說：「沒關

係，小朋友很安全，是，我們有噴酒精，沒有人咳嗽……」

接著，很快的，全國的小學就這樣靜止了。

我送小朋友離開學校時，發現每個小朋友的臉都被遮去一大半，很難找到誰是誰。炎熱的初夏，一個一年級的小女生熟練的戴上面罩和手套，坐上媽媽的摩托車。我望著摩托車離去，不禁想著，那些一年級的小孩知道不知道，在不久之前，進學校不用量體溫，她去便利商店可以直接走進去不用掃條碼，她每天最關心的應該要是佩佩豬或寶可夢，而不是擔心一種病毒會害各種人過世，還有，最重要的，如果她沒感冒，她跑操場、去公園玩，都不用戴口罩。

那天下午，我覺得大家熟悉的生活都不見了。我甚至有種「過去」被丟失的感覺。

回到教室，學校傳來訊息，水上運動比賽要取消、品德宣導要取消、校外教學要取消，每週都有的朝會要取消……我攤開行事曆，行事曆上的一字一句再也無法預告明天的事，好像有什麼魔咒突然失靈了，就在大家都沒察覺的時刻，我們的未來和過去都被變成非常、非常陌生的模樣。

可是，翻閱著《那一年，那些沒人說的故事》，從一月、二月……到十二月，那些驟變與茫然好像被一個個章節串了起來，故事中的文字徐徐的連上疫情未爆發的過去，又慢慢的往未來延伸，那張失靈的行事曆被少女老王變成一本有信用的日記，它不能保證接下來的行程，但它絕對能詳細記錄這些被丟失的日子，並拾起那些被我們拋下的故事。

少女老王的文字一如既往的犀利、客觀，彷彿抽離了她自己，卻又能在其中看到她對周遭人事的溫柔與關懷。

你會在這些故事之中看見讓人抓狂的笨蛋、讓人揪心的好人，以及看見那些日子裡不安又堅定的自己；你會看見警惕與鬆懈、期待與絕望，以及冰冷的事實和溫暖的關懷。

我不知道未來將如何、這些日子與故事是否會被遺落，但我相信，在疫情之中，《那一年，那些沒人說的故事》會變成你的戰友，讓你知道如何避免防疫地雷，或是避免成爲地雷；當疫情過去，那些故事會讓你想起你曾爲了口罩拚命；會讓你想起你曾因爲居家工作胖了幾公斤；還會讓你想起小孩停課在家有多吵又多吵。

最重要的是，那些故事還會讓你想起：度過難關的我們，眞的非常、非常的勇敢。

（本文作者爲《去你的正常世界》作者）

推薦序

像極了愛情

洪仲清

少女老王的上一本書《比鬼故事更可怕的是你我身邊的故事》，我很榮幸能在我的臉書版面上，跟讀者分享討論。即使隔了一年多，這期間沒特別再去翻閱複習，但當初遊走在字裡行間所帶給我的情感衝擊，迄今依舊鮮明：對性騷擾的氣憤、對職場關係的無奈、看待親情的眼光異常溫暖、描寫朋友的故事讓我不捨又感動……

我寫臉書在臺灣算早，最近剛好超過十年，推薦、摘錄、直播的書超過上千本。在難以計數的作者中，少女老王的文字相當有辨識度。她的文字需要醞釀跟相處，像慢熟的朋友。熟到一個程度，她的不安與受傷浮現，我們便能理解她在適應社會所使用的生存策略，因此陪著心疼，但又受到鼓舞。又像聽著她說話，她只是溫溫的表達，不喧囂不煽動，那眞摯讓人著迷。

剛打開檔案，一看到少女老王的新作，那種透過職場潛規則展現的荒謬幽默，迎面撲來。還有用字遣詞裡所傳遞的清楚價值觀，讓我會心一笑，好像她在文字背後正扮著鬼臉。

這就是她獨一無二的辨識度，難有人能取代！

她的文字有超強的代入感，很容易讓人沉浸其中，我的情緒也因此起伏。舉個例，我個人超級不喜歡被踢腳，看到少女老王寫她如何在桌子下被踢，一股怒火眞的在我心裡燃燒。因爲那也是一種被包裝成「爲你好」的攻擊，很不好受也要領情，這種合理化讓人怒上加怒。

可是她轉了一個彎，用強大的理解，去重新詮釋她的沒被善待。我的怒火被稍稍安撫，因爲我知道這種理解極其難得，能帶著我們去接納自己與他人的不完美。

她寫家庭裡發生的大小事，深入到一般人難以用文字表達的細節，那些情節幾乎是某種文化裡的共同記憶，包括奶奶的老後生活如何越活越狹窄，也包括那些談到長照就消失不見，但又喜歡做表面功夫的群魔亂舞。讓我們好像在看電影，隨著時間演員走位對白，偶爾來個倒敘，劇情本身就足夠享受，文字又能帶起生動的畫面，好不精采。

「孝順」這個議題放到現代，有一種格格不入感。傳統文化的實質已經走味，但新的典範又沒有建立，我們都在尋找適合每個家庭的答案。每個人都好像在演戲，演一段父慈子孝、兄友弟恭，我們透過儀式自說自話，主要在對自己交代得過去。「孝」本來著重在親子關係的實質，所以孔子談「仁」、談「色難」。「孝」也要合禮、合理，否則便是愚孝，甚至是愚昧，根本連「孝」都沾不上邊。

但經過長久時間的扭曲，後世以「順」爲「孝」，所以「孝順」兩個字便綁在一起談，成爲被頂天的道德。然而，事事順從並不符人性，古代君王都難做到，更何況是環境更複雜的現代。指責不孝是長輩「規範」晚輩常見的使用方法，相關概念更常用來引發負面情緒，忽視了原本「父慈子孝」的相互性。

「孝順」難做到，但又硬要符合這種扭曲的教條，就容易演得荒腔走板。而這種教條如果沒有實質的情感做支撐，親子雙方都痛苦，少女老王的描述，把這個過程描寫得清清楚楚。

不知道編輯請我寫推薦文，是不是已經猜透我中年大叔的外表下，藏著一顆粉紅色的少女心？我看到「戴先生」出場的時候，心裡一陣歡呼，慣性馬上啓動，心裡祝禱著「祝她幸福祝她幸福祝她幸福祝她幸福……」

剛好最近臉書版面上在討論幾本跟愛情相關的書，知道關係如鏡，我們常常在關係中更深刻的認識自己。也知道相愛、相處、分離都不那麼容易，關係不一定會有什麼具體的結果，我們只能不斷從裡面學習。

「像極了愛情」，這也是二〇二〇年很夯的流行語。但愛情多變，還參雜著某種時代感，這本書提到了爺爺奶奶、爸爸媽媽，還有「富井美紀」因爲相愛而讓自我淹沒，同樣的伴侶在不同時空就很可能從愛侶變怨偶。我衷心祝福少女老王，慢慢摸索出有自我也有彼此的關係。

很感謝少女老王能以二〇二〇年的疫情軸心，留下了我們對這一年的記憶。我原本以爲，我們很努力的擋住了病毒的威脅，臺灣因爲防疫有成而帶來的經濟成長讓我感覺榮耀。沒想到，就在二〇二一年五月，更嚴峻的挑戰隨即展開，確診人數開始暴增。

這一波不太一樣的地方，很指標性的是學生開始停課，老師們為了線上上課眞是手忙腳亂。當我聽到某個熟悉的學校，裡面的孩子也染疫的消息，更感覺到威脅迫近。對我來說，這次心理衝擊的程度跟二〇二〇年大大不同。

街道上空無一人的照片，訴說著臺灣人的自律。但我深深知道，沒有人潮馬上影響到的是很多社會末端的小商販，還有小商販背後的工作人員與家庭。店家一間間關起來，沒有收入的憂慮，此起彼落。

疫情對貧困家庭的衝擊，會比中產階級以上的家庭大得多。有些家庭的孩子能上學，還有營養午餐可以緩解一些財務上的窘迫，但沒辦法到學校，家長就要生出額外的開支，但本來日子就不好過了……

等著被看見的困境，還有好多好多。

現在連公園的遊戲區、籃框都被禁止使用，孩子們沒辦法出門，不少大人要在家工作，親子衝突確實增加許多。大家都付出了高昂的情緒成本，但還不確定什麼時候是盡頭，只知道不會那麼快就結束。

相對少見的缺水跟停電，也都在差不多的時間點同時發生。玉山大火九天，燃燒面積超過七十一公頃，嚴重傷害山林生態。

這些脈絡交織之下，二〇二一年還會有很多沒人說、來不及說的故事緩緩開展。很期待未來能透過少女老王的文字，繼續梳理這些還沒說完的故事！

（本文作者爲臨床心理師）

自序
經過縫隙以後，又是一如往常的道路

今年四月底左右，我在洗澡的途中，摸到身上長出一個鼓鼓的、硬硬的、位置怪怪的東西，壓了有疼痛感，但馬上就開始懷疑一切都是心理作用，想說服自己其實沒那麼痛。

我打開手機用行動掛號掛了一週後的門診，想說順便觀察幾天，搞不好幾天後就消掉了。

它只是越來越大。

而門診的時間明明就在那裡，我卻覺得時間變得漫長，爲什麼還要好久好久？

可是日子還是要過。

工作仍要努力、三餐仍要正常吃、聊天時講到有趣的地方仍然會笑，但是想要買的東西、跟打算要做的事情，全部都擱置了。心裡想著，等確定醫生告知那一顆越來越大的硬塊是什麼後，再決定要不要往前吧！

因爲，也許我就不需要那些東西了。

這樣的念頭讓我在日常的縫隙裡沮喪，但經過縫隙以後，又是一如往常的道路，我也能馬上轉換成一如往常的自己，在上面一如往常的行走。

直到門診那一天，我終於在各種檢查之後獲得好消息。

那簡直就像是重獲新生了一樣，身邊的每一件人事物突然都長得很新鮮，手錶的滴答聲是那麼的悅耳，每一刻都讓人想要大聲感謝，許多之前不敢嘗試的事情，全部都產生了執行的動力，新的機會也因此用很快的速度蜂擁而至。

就在我興致勃勃的用原來是健康的身體，執行新的計畫時，疫情突然急轉直下，從發布二級警戒到發布第三級警戒，只相隔了幾天，甚至馬上就宣布停課，校園裡不再有孩子的笑語，應屆畢業生失去了向師長同學告別的機會，WFH（Work From Home縮寫）讓公私從此難分，家裡的3C設備突然備受考驗，物流也從原本的「24hr」變成永無止盡，簡訊實聯制的QR Code將每條大小街巷拼成了同一個黑白模樣，家庭成員間的衝突，也跟著各種殘缺又聳動的疫情訊息，升溫了，而且是很高溫。

我那彷彿重獲新生的世界又變小了，而且是必須把自己變小，未來才有機會變得更大。

是啊，二〇二〇年的我們也是籠罩在疫情之中，只是因為防堵的即時，我們硬是比全世界少經歷了一年的恐懼與辛苦，儘管口罩、酒精、量測體溫、疫情記者會已經變成新的日常。不知不覺中，在轉到以前的經典日劇時，看到那種真的讓口沫滿畫面橫飛的誇張演出，都會感到全身不對勁；路上聽到噴嚏聲，會緊張的轉頭確認聲音來源有沒有戴口罩，以判斷自己接下來需要閉氣幾公尺；買手搖飲的時候，會先確認店員口罩有沒有戴好、酒精有沒有備好；面對需要手持的食物，我們再也無法毫不猶豫的大口朵頤，而是先找洗手的地方，然後再讓食物成為手洗乾淨以後，必須要第一個碰到的東西。

但除此之外，生活似乎沒有太大的變化，直到現在，我正在寫這一篇序的現在，二〇二一年五月三十一日，雙北已經經歷了兩週的第三級警戒，還有兩週要度過，我們終於明白，疫情不只影響了我們的衛生習慣，還讓很多事情都發生了變化，而這些變化引發的連鎖效應，隨著確診數字上上下下、開始走到讓人難以預料的方向。

像是有人因此失去工作、有人趁機發了災難財；有人因此遇到另一半、有人下定決心要失去另一半；有人無法跟至親告別、有人則是非常想跟家人就地告別；有人找到脫罪的漏洞、有人終於鼓起勇氣面對他人的惡意……

其實大部分的事件，早在疫情發生，甚至是變嚴重前就存在了，只是當套上疫情這層濾鏡，解讀的方式也都不再一樣。

那些我們在疫情下，想盡辦法往前走的模樣，可能永遠上不了新聞、也無法在網路上的熱門話題引起討論，但那才是你我身邊眞正在發生的事。

小心！接下來的故事讀起來，可能會很靠近你。

你準備好了嗎？

寫於二〇二一年五月三十一日。

臺灣累計確診：8511，累計死亡：124。

全球累計確診：約1.7億，累計死亡：約354萬。

一月
January

#病假

西元二〇二〇年年初，農曆庚子年年前，那個時至今日還沒消失的病毒已悄然登場，那時的我們，還在期待著春節假期，彼此轉發連假請假攻略、快樂的預訂一趟趟海外旅程。誰都沒想到，二〇二〇年一月二十一日，臺灣第一例武漢肺炎確診案例出現了。防疫人員穿著隔離衣進駐機場的畫面、中央流行疫情指揮中心越來越頻繁的記者會，在各臺的晨間、午間、晚間新聞不斷輪播，大大小小的畫面框旁，鮮豔的字體帶著或是臆測、或是確定的快訊消息，用最聳動的模樣持續滾動，一直以來都很複雜的新聞畫面，消息突然那麼的一致，一致到讓人不安。

這一輪的庚子年，注定以疫病之災，與過去的每個庚子年並列，註記在歷史之中。

但當時的我們，並不知道這是一場全球浩劫，也不知道原本理所當然的生活方式，將面臨巨大的改變，從家庭到職場，都不會再是昔日的模樣。

一月，在一切恐慌的起點，我竟然原因不明的發燒，而且還一路燒到40度。這樣的我，無意中成了「傳播者」。

春節假期就快結束了，按照過往的慣例，開工日的辦公室裡，人永遠不會齊，看來強調一家團圓的過年，似乎真的是一個讓人身心受創的節日，所以過完年後都得要請假再休息個幾天，才有精神回去上班。

不過主任好像早就料到這樣的結果，所以在春節前就超前部署，要求大家收假時「不要太誇張」，病假都要提前一天請假，不可以當天才請。

「如果身體不舒服，應該前一天就會不舒服了啊。」主任理所當然的說：「怎麼可能當天才覺得不舒服。」

「盡量不要在休完長假之後接著休假好嗎？」主任最後一聲苦口婆心，換來的自然是此起彼落的反彈，畢竟對於眞的需要病假的人來說，誰能通靈知道自己哪一天會病到不能上班，更別說月經了，在加班加到混亂的作息下，這個月什麼時候會開始流血都不知道，流血了會不會痛也不知道，痛了能不能忍受也不知道，忍受不了倒在地上打滾，會不會被相信也不知道。

「好，那生理假不算，妳們眞的不舒服就請。」主任妥協，「但要請病假的人，還是要提前一天請，不然當天大家都臨時跟我說，我要怎麼調度？」

主任這句話的確有問題，並不是每種病，都可以準時的在前一天感知到自己明早九點無法準時上班。但如果是建立在「我知道你們不想開工又不想請事假被扣半薪，所以動念想多貪一天有薪病假，不是不可以，但早點講不要造成我的困擾，當我沒有裝病請假過？」的前提下，這句話似乎就很合理。的確，如果是精密計算過的病假，肯定會在意發出請假需求的時間，既要請得比其他人快、還不能太早請，畢竟只是需要請一天假的程度，如果睡了一覺還不會好，鐵定是病得很重，接下來不但要裝病裝得比較久，如果同時遇到眞正因爲生病要請假的同事來協調，也還有退一步的空間，把病假的扣打「讓給需要的人」。

但對於秉持著「眞的因爲生病了才會請病假」的人而言，這樣的規定簡直本末倒置。說到底，有薪病假的存在，本來就是公司爲了員工的健康狀況而設，而員工也該誠實判斷身體狀況來決定是否請假，這樣的信任關係建立以後，又何來「提早一天請病假才可以被批准」的規定？

也許是因爲信任關係，早就被揮霍到蕩然無存。

……………

在武漢肺炎出現之前，那段曾經可以隨時飛出國的日子，我進了一家旅遊雜誌社工作，因爲會講日文，剛進公司就被老闆指派去日本自助採訪，但沒想到出發前就困難重重。首先總編輯告訴我，出差只能搭廉航，而且還要是廉航中最便宜的，爲了印證「眞的最便宜」，我還得印出當天所有班次價格來「佐證」，證明自己眞的搭到最便宜，沒有偷搭第二便宜的。偏偏最便宜的通常都是紅眼班機，凌晨出發、清晨抵達，我提出抗議說，那時已經沒有交通工具到機場，總編輯竟然用慷慨的語氣，講出還是很窮酸的話：「允許叫車去機場，但是有額度限制。」

問題是，我家住淡水，從淡水叫車起價會加乘，凌晨出發也會加乘，怎麼算都一定會超過額度，我求救早就被荼毒習慣的前輩，在他的協助下預約了一間很便宜的車行，結果那天上車後，司機整路都在問我結婚沒？有沒有男朋友？覺得他怎麼樣？甚至還開進暗巷停下來，關了大燈，被黑暗擠壓得更小的車子裡，一切彷彿靜止了，只剩下司機粗重的呼吸聲在空氣裡濕潤的蠕動。

那時是凌晨兩點，橘色的路燈在遙遠的地方沒用的亮著，我拿起電話說要報警，司機才又亮起大燈，照亮前方的死巷。

他說，他只是開錯路了想確認地圖而已。先是怪我何必這麼誇張，再補槍說我長這樣，沒有人會想對我怎麼樣。

眼看時間越來越緊迫，我只能求他不要讓我錯過班機。他重新發動車子，沿路飆車還甩尾，把空蕩蕩的馬路開成搏命賽道，我則全程不敢放下耳邊的手機。好不容易到機場，司機笑笑的搶先我一步，幫我把行李從後車廂拿下來，我本來想自己拿的，因爲不想再跟他有接觸。

「小姐，剛剛上車前我打過去的電話，是妳的電話對吧？」

然而，所謂「最便宜」換來的代價，這還不是結束。

爲了完成老闆指定的採訪主題，我必須每天更換住宿地點，住宿的費用也被壓縮在一晚五千円內，只能選擇較便宜的民宿，而民宿是沒有寄放行李服務的，所以每天早上起床退房後，千里尋地下鐵寄物櫃就成爲了每天的任務。

某天，就在充斥著樓梯的日本地下鐵裡，跟公司借用的腳架竟從收納袋裡掉出、直到它落地的那一刻，我的腳步正要踏下。

是因爲怕把腳架踩斷嗎？大腦閃過那麼一瞬間的擔心，竟成爲腳上致命的躊躇，我的鞋子裡傳來一聲不祥的斷裂聲。其實，那才不是什麼貴重的腳架，我從公司倉庫裡借出時，它的收納袋就已經破了，同事說沒人要縫，還勸我不要花自己的錢和時間在公司的資產上，跟總編輯反映，只換來一句：「嫌棄的話就自己把它縫好，不然不要借，請妳自己去買腳架。」我沒忍住頂撞了一句：「公司資產破成這樣還不願意處理，當初面試時還說器材應有盡有？」總編輯才承認，腳架不知道是哪一任記者從外面撿來的，一直占用到現在，破洞那時就有了，只是隨著使用頻率，變得越來越大。

我跌坐在臺階上，看著手上的腳架收納袋，那個出發前我曾試圖縫合的洞。簡直像極了幾天前，坐在電腦前拚命搜尋最便宜航班的我、以及預訂最便宜機場接駁的我，還有妥協了五千円內民宿的我。

腳踝上的腫脹隨著忍耐的步伐越來越大，等我終於搭上回程的廉航班機，才發現鞋子已經脫不下來了。

得知這一切的總編輯，第一句話竟然是勸我：「千萬不要一回國就馬上請病假。」

「我是眞的扭到，你也看到我傳的照片了，這樣爲什麼不能請病假去看醫生？」我疑惑的在電話裡問。

「老闆不喜歡我們請病假啊，妳進來的時候不是就簽過『放棄生理假同意書』嗎？」總編輯小聲卻急促的告知。好吧，這的確是我爲了這份工作給自己造的孽，但現在我是扭到腳，不是扭到子宮，在腳踝上不斷蔓延的紫色也絕不是經血。

「之前有一個女生也是出差途中受傷，一回國就請病假，結果被調到奇怪的單位被迫離職。」總編輯回憶：「老闆那時候就有說過，我僱用大家來工作不是來生病的，連自己都照顧不好的人就不該出來上班。」

「可是這絕對違反勞基法，你知道的吧？」我嘴巴對著話筒說，眼睛望著大家口中「腫得像饅頭一樣」的腳踝，到底是誰說像饅頭的？那顆冒著熱氣、被捧在手心裡幸福往嘴裡塞的饅頭，跟我這顆可以被隨意踐踏的不完全發酵麵團會一樣嗎？

「哎呦，這當然違反，但哪家公司不違反？妳告了，老闆也只是被罰個幾萬塊，不痛不癢，但妳就別想在這圈子混了。」總編輯講出了所有勞工都明白的不公平，我當然也明白這個道理，可是我只是想去看醫生而已，難道自費去醫院看腳踝，多領那半天的日薪就足以毀掉公司的營運？我就是一個記者而已。

「那妳明天掛最早的號去看醫生，看完再來上班，晚點到也沒關係，記得不要打上下班卡，我幫妳補登出勤單，這樣子，明天妳還是完美的出勤日。」總編輯提出了一個事後會被稱讚爲下有對策的方案。

於是隔天一大早，我走進還沒開燈的復健科長廊，一個人坐在漆黑中，直到自助報到螢幕一片片亮起，才趕緊搶在完全沒有人的候診大廳前，一跛一跛的走上前，把健保卡插進去。等我套上不起眼的黑色護踝、踩著不平衡的步伐抵達辦公室時，總編輯已經迫不及待遞了一個新任務給我。

「這家飯店推出一套全新的腳踏車行程，老闆叫妳去體驗然後報導。」總編輯一邊喝咖啡，一邊交給我行程資料，「妳會騎腳踏車吧？」

「我會，但現在不行，你也知道的。」我用眼神示意了一下腳的方向，「不能派別人去嗎？」

「哎，我總不能跟老闆說妳去日本出差時腳受傷吧！妳也知道的。」總編輯聳聳肩，複製了我的語尾。

「我可是韌帶斷掉欸！」我終於忍不住說出總編輯到現在都還沒關心過的答案，也就是稍早醫生看著我的X光片感嘆的：「還斷了三根！」

最後，我自己看著資料上的電話打給飯店公關，坦承腳受傷不能騎腳踏車，公關很熱心的說，沒關係，可以安排我坐在補給車上，跟大家一起踩點。

採訪那天，我人真的就坐在補給車上，吹著冷氣，聽著司機選的韓國女團歌，跟著腳踏車上的其他記者一起踩點，其中有很年輕的記者，也有上了年紀的前輩，但隨著公里數增加，他們背後的衣服顏色全都變得越來越深，臉也一張比一張蒼白。途中，司機還不時搖下副駕駛座的車窗，充滿激情的向窗外記者們高喊「加油！」與之交換來的怨恨眼神則是由我完整收下。這樣的我，依舊只能拿著相機坐在補給車上，隨著體貼的司機一次又一次停下來等他們，再踩油門一秒超過。

原來，我跟那個被公司占爲己有的腳架收納袋沒有什麼不同，破了，不會有人覺得有必要把它補好，而是任由破洞繼續破下去，直到被操勞到無法挽回的那天爲止。

⋯⋯⋯⋯⋯⋯

Netflix有一位聞名全球的臺灣員工，她鑽了Netflix員工花錢不需先報備的洞，濫用公司賦予她的自由，在各種出差行程中，穿插與家人一起的奢華旅遊，還去吃高級料理，這些費用統統報帳給公司埋單，最後因超支太多被發現，於是被開除了，而她的行爲卻被寫進《零規則》這本書裡，翻譯成好幾種語言在世上永流傳。也是因爲這名臺灣女員工，我才知道了原來在Netflix，如果隔天的海外出差會議時間很早，員工買頭等艙機票算是「合理的支出」，只因這可以避免飛行疲勞影響工作表現，所以不屬於奢侈的浪費。當然裡頭還講述許多請員工「以公司利益爲優先考量」的觀念，但書裡的「公司利益」，並不是臺灣企業美其名爲「共體時艱」的剝削，而是給予員工自行判斷的權利，讓員工達到最高的工作目標，再以此慢慢汰換掉不適合的人、留下每個崗位專屬的人才，達成最好的工作效能，才能成就公司利益。

可惜的是，現實中的職場總是不會長得像書裡那樣理想，勞資之間權益的天秤早已傾斜不堪，所以當得知病假有支薪時，員工被剝削慣了的心就會像久旱逢甘霖，被逼到眞的很疲憊的時候，多少會想一飲而盡，而管理階層能給予的，就是對那一點點謊言視而不見的小確幸。

但武漢肺炎的出現，逐漸擊潰了秩序及日常，病假突然變成一件非常嚴重的事情，各種發生在自己身上的不舒服，都是成爲破口的可能，再不可以想放就放。

過年期間，疫情開始以日計算加重，中國武漢宣布封城、臺灣禁止赴中國旅遊、中央流行疫情指揮中心提升至二級開設、WHO證實武漢肺炎會人傳人……新聞鋪天蓋地的報導引得人心惶惶，然而要眞正感受到疫情的可怕，是在我發燒之後。

雖然春節前已經有確診案例，但那時沒有人想得到，這是場至今仍無法結束的疫病，還以爲只要稍微小心一點，就能徹底與自己無關。於是我們家也把握假期，去了趟東部部落旅遊，還報名體驗行程，跟著長老上山，學習分辨大自然的饋贈與無情。

由於是公版的行程，所以雖說是大自然，也是被規畫過的大自然，茂密的竹林裡不但有射箭場，甚至有鞦韆可以盪。那時的我其實已經被風吹到頭一抽一抽的痛，但人既身在行程最高潮，又是在進退兩難的半山腰上，不想因爲個人因素導致全團敗興而歸，於是很勉強的婉拒了射箭，並在長老熱情的推薦下，半推半就坐上鞦韆，然而高聳的竹林雖然堅韌，仍會隨著強風擺動，於是鞦韆在人爲的推動及風吹下，盪出無法預料的節奏，我整個人摔下鞦韆，驚慌的手憑生存意識抓住了一管竹葉，後者隨著我的手勁斷裂，一起落在了並不軟的土地上。

我全身開始劇烈的發抖。

明明穿著保暖衣物，身體卻突然爬滿寒意，阿姨越往我身上披蓋外套與圍巾，我越感到那股冰涼源自體內，無法遮掩，只能在一層層無用的包裹下，不可逆的把自己凍成冰箱。眼前的竹林仍然在搖晃，晃動的間隙裡是沒有層次的灰白色天空，我想要自己坐起來，然而不斷發顫的身體，當下只想拚命抓住一點溫度，我感到自己逐漸變得僵硬，耳邊的人聲變得越來越遠，只剩下竹林沙沙的響。

醒來的時候，我已經躺在部落長老家的沙發上，長老見我睜眼，便從廚房端出一杯濃濃的薑茶，我雙手接過，甜辣刺鼻的薑味立刻隨熱氣濕潤了鼻腔，長老一聲聲篤定我是觸怒山神的喃喃，交錯著他背後電視裡，同時播放著的WHO坦承錯估疫情，將武漢肺炎全球危險等級調升爲「高」的緊急消息。

回到住宿的地方，大家看到我的體溫以後，都說我應該眞的是撞到山神了。「不然怎麼可能沒有徵兆就突然燒到38.3度。」阿姨一邊把耳溫槍重新開機一邊說：「不知道撞到山神要怎麼解？」

「我沒有撞到山神，我在山上的時候就頭痛了。」我虛弱的反駁。

「但妳上山之前還好好的啊，突然癱軟真的快把我們嚇死。」阿姨把準備好的耳溫槍遞給我，示意我再量一次。

這次是39度。

「妳該不會是中獎了吧？」阿姨尖起嗓子問，腳也往後倒退了幾步，我們都同時想起了正在肆虐的武漢肺炎。

隔天就是開工日了，儘管已經整整兩天都在吃退燒藥、睡冰枕、裹棉被逼汗，我的體溫仍降不下來，耳溫槍小小的螢幕裡都是以前媽媽說會燒成笨蛋的溫度，更糟糕的是我開始乾咳，甚至喘不上氣。

我相信山神也會希望我求助科學，於是我只好傳訊息跟主任請假。

「發燒？怎麼會發燒？是感冒嗎？」緊接在一連串問號後面的，是小心翼翼的那個問題：「妳該不會是……」

「不知道，但應該不可能。」我誠實的說，「所以我想請假去看醫生，才能知道自己怎麼了。」

「好，妳自己小心一點。」主任說，「妳剛剛量體溫有拍照嗎？拍一張給我。」

我問主任要照片幹嘛。

「我要用這個去叫另一個人別請假了，除非他也傳一張給我。」主任說完就沒再傳訊息，我只好再量一次體溫拍照傳給他，照片旁邊隨即彈出了「已讀」。

幾分鐘後，那個號稱明天也要請病假的苦主傳訊息來了。

「老王，妳明天也要請病假喔？」苦主問，「主任跟我說妳發燒超過38度，剛好管理部發布的防疫規定裡，有38度以上不可以去公司上班這一項。」

「是喔，那這樣我真的不能去上班，你看。」我這才知道原來有新規定，於是把剛剛量的體溫照也傳給他當作證明，「那你是怎麼了？」

「我就喉嚨痛一直咳，咳到沒聲音。」苦主回，「但是我沒有發燒。」

「可是病假就是給生病的人請的不是嗎？」我不解的回，但聽起來他的病假是告吹了。

身爲第一個以穩定居高不下的高燒表現，動用到管理部防疫新規定的人，那一天眞的收到很多的關心，包括人在其他部門的舊識。

「老王，聽說妳發燒了，應該不是中獎（武漢肺炎）了吧？」

「我聽那個誰誰說妳高燒不退，體溫還越來越高！」

「請假了就要去看醫生啦，這溫度燒下去腦子會壞掉。」

「到底爲什麼可以燒成這樣，很不正常欸！」

「怎麼可以剛好超過管理部規定的38度，好羨慕～」

面對排山倒海的提問，正在不舒服的我，只能不斷傳送證明自己很燒的耳溫槍照片來回應，而且爲了不被誤會，還必須時時更新照片上的溫度，反正現在怎麼量都輕鬆超過38度。不久後，我的LINE終於在海量的「已傳送照片」中平息下來，這才得以找回安寧，跟著退不去的高燒一同沉沉睡去。

隔天，我戴著從抽屜深處挖出來的日本小顏口罩去醫院看病，那是幾年前去日本九州旅遊時，懷著好玩的心情隨手購入的。誰知道當初的隨興購物，現在竟成爲獲准進入醫院的門票，只是沒有阻擋武漢肺炎病毒的功能而已，可是現在也顧不了那麼多了。

醫院原本敞開的大門口已被強制分成出口跟入口，入口處放置了一個高大的體溫量測機器，每個要進醫院的人都必須排隊脫帽停留，直到上頭的LED面板亮起合格的體溫，才可以繼續往裡面走。我排在隊伍中，一邊看著眼前的人龍魚貫而入，一邊緊張起來，因爲我知道輪到自己的時候，這個和諧的節奏就會被打破。

輪到我走進入口處時，這才看到一個臉上遮滿口罩與護目鏡的警衛，舉起右手示意我止步，我乖巧的把腳踩進地上的腳印貼紙裡，頭上隨即傳來一聲響亮的「嗶」，我抬頭，警衛已經彈了三尺遠，手裡還拿著對講機。我把頭再繼續往上抬，那塊巨大的面板現在就像拉霸中獎一樣瘋狂閃爍著「39.8」，看得連我都沒忍住在口罩裡感嘆自己燒出新紀錄。

「那個，您先不要進來，往後退一步，然後再前進，我們再量一次。」警衛緊張的把我趕出去，又叫回來，然後連珠砲似的丟出一堆問題：「您今天是掛哪一科？有旅遊史嗎？高燒多久了？還有什麼其他症狀？」

「耳鼻喉科，沒有旅遊史，發燒兩天。」我一邊回答警衛的問題，一邊再次測量，這一次，面板上出現了整數。

「40.0」

「哇喔……」我身後的人群發出整齊劃一的驚嘆，以及隱約往後退的腳步聲，甚至有「喀擦喀擦」的手機拍照音效，聽得我也很想拿出手機拍下刷新自己紀錄的這一刻，但我不敢，因爲面前的警衛看起來實在太緊張了，緊張到我覺得如果自己把手伸進任何視線死角，都會嚇到他。警衛甚至掏出原本插在身後的橘色交通指揮棒，示意我不要再往前一步，剩下的一隻手則抓著對講機，隔著口罩對裡頭聲嘶力竭的喊：「新院大門有高燒40度的門診病患，耳鼻喉科，沒有旅遊史，已燒兩天……」

「然後這幾天我常常喘不上氣，還會一直乾咳。」我貼心的補充說明，警衛臉上沒被口罩遮住的區域寫滿驚恐，他身後是用小跑步奔來的醫護人員，全都套著藍色的防護衣。

「我們先去抽血快篩吧！」兩個醫護人員分別站在我左右，領著我去快篩站，途中又再問了一次：「妳最近有出國嗎？發燒多久了？有其他症狀嗎……」

等我不知回答第幾次重複的問題、被快速抽血以後，就被帶到耳鼻喉科門診前等叫號，正想閉眼稍微休息一下，緩解隱隱約約抽起的頭痛，眼前的診間大門卻被「磅！」一聲粗暴打開。

「出去！立刻給我出去！」醫生的怒吼從敞開的大門傳出，緊接著一個看起來病得非常重的大叔，一手扶著臉上的中衛口罩，一手又是扶牆又是扶地的衝出診間，沒走幾步就蹲坐在牆邊乾嘔，沒來得及拉上的診間大門裡，醫生的憤怒還在繼續。

「妳怎麼會這樣做事？」聽起來像是醫師質問護理師：「怎麼可以放沒帶健保卡的病人進來？」

「可是他有押金啊！」護理師反駁，被口罩悶著的聲音聽起來更委屈。

「可是他沒有健保卡！」醫生的聲音聽起來有點抓狂。

「我沒辦法知道他的旅遊史，要是他去過疫區怎麼辦？」

「我看完他，後面還有多少病人？」

「萬一是最壞的結果，有多少人會被影響妳知道嗎？」

醫生連珠砲似的罵聲從門縫中傳出，壓得候診區一片靜默，這時護理師才發現門還沒關上，輕輕走到門口帶上門，她身上穿著外科手術衣，頭上戴著外科手術帽，帽簷下幾縷髮絲散出，被經過一天勞動後的汗水輕黏在太陽穴上，小小的臉被N95蓋去大半，眼眶有點紅紅的。

我走進診間時，醫生正拿下N95大口呼吸，一看見我又急忙戴上。

「有什麼症狀？」醫生把我的健保卡插進機器裡，她的臉頰上，一條條都是被口罩壓出的痕跡。

萬幸的是，我的驗血報告裡白血球數值非常正常，聽診器裡的肺也沒有傳出奇怪的聲音，張嘴檢查喉嚨甚至還沒有紅腫，歪頭給看耳朵也很乾淨，唯一能證明我爲什麼坐在診間裡的，只有護士爲了再次確認我有生病而量的體溫。

「38.7度……是發燒了沒錯，但妳的血液檢查各項都很正常。」醫生喃喃自語，然後又像想通了什麼一樣眼睛發亮。

「妳上一次生理期是什麼時候？」醫生用這一定就是答案的語氣，十分篤定的問。

「一個多月沒來了，沒有懷孕可能。」我說。

「果然，月經這麼亂，我想應該是黃體素影響了妳的體溫。」醫生點點頭，手指已經開始往電腦裡敲醫囑，「妳沒有感冒也沒有發炎，需要我幫妳轉診婦產科嗎？」

「不用了。」我搖手拒絕，對平常就愛來不來的月經早已死心，「那我喘不上氣，跟一直乾咳是爲什麼？」

只見醫生停下手裡的鍵盤動作，溫柔的把頭轉向我，講出了那句我最常在門診聽到的話。

「應該是妳最近壓力太大了。」

最後，拿著退燒藥回家的我，手機裡全是各種形式的「妳中獎了嗎？」的未讀訊息，而當天晚上，月經竟然就來了，燒也神奇的退了。

我再一次相信了科學。

因為沒有發燒也沒有得武漢肺炎，我正式迎來自己的開工日，卻不知道這一燒，竟然燒出了連環計。

一天，同事神神祕祕的走到我電腦對面，用不正常的速度快速眨眼，成功吸引了我的注意。

「幹嘛？」看著同事奇怪的舉動，我警戒的發問。

「我可以走到妳旁邊說嗎？這要小聲說。」同事難掩興奮的說完，就要往我這裡走。

「不可以。」我連忙阻止她，「站在那裡說就好，疫情期間請保持距離。」

「好吧。」同事爽快答應，蓄勢待發的拿起手機轉向我。那是一張耳溫槍的照片，上面的螢幕顯示溫度是39度。

「誰發燒了？你嗎？」我驚慌的問。

「哎呦，妳是眞的不知道嗎？」同事露出心知肚明的表情，可是我完全沒辦法同理她的心跟肚。

「那妳看這張。」同事滑了一下手機螢幕。

這次我看出來了，那是我之前傳給她的照片，那張之前因爲懶得解釋自己怎麼了，於是順手傳的照片。

「妳再看這張。」同事又把照片滑回第一張。那是用我的照片當作基底，重新修出的一張照片，看起來是先拉近構圖，再修改背景的床單花色、並更改耳溫槍電子螢幕框的顏色，甚至連抓著耳溫槍的我的手指，指甲上都被塗上鮮豔的顏色。

「妳知道嗎？妳眞的是成全了好多人，加上管理部說38度以上不能來公司的規定，這樣眞的很好請假……」同事滔滔不絕的訴說著感激之情，還不忘補充大家都有自己修圖過的版本，而且都改到四不像，眞的不會害到我。

「這是詐欺！」好不容易回過神的我忍不住抗議，「還是僞造文書？」

「這才不是詐欺，應該比較接近僞造文書。」同事一臉認眞的坦承，然後模仿了不知道哪一部連續劇裡的臺詞：「但只要讓大家都相信是眞的，那就是眞相。」

這時，手機的群組傳來幾聲通知，我跟同事面對面一起點開，只見一張照片跳了出來，上面是一個顯示著40.0的LED面板，不用太仔細就能一眼認出，這絕對就是我請病假去醫院時，在門口遇到的那臺機器，因爲手機做不到太深的景深裡，能清楚看見那間醫院的大廳高高掛著的水藍色評鑑橫幅。整張照片裡只有數字顏色變得不一樣了，從紅色變成了螢光綠，就像是在慶祝這個40度的高溫，再次成功通過病假門檻。

「各位同學。」

主任充滿感情的訊息登登登的不斷跳出，我突然想起那天在醫院門口，背後傳來的「喀嚓喀嚓」聲。

「我不愼發燒，請假一天去醫院看病。」

「疫情不明朗，請大家務必遵守38度以上不進公司之規定，保護自己也保護別人。」

「請各位，一定要保重身體。」

「哇，太幸運了！」同事入迷的儲存好主任傳來的照片。

「之前我在其他部門同事手裡看過這張，一直很想要。」同事一臉珍惜，「終於散播出來了。」

「但妳請假不是也要跟主任請？」我一邊提醒她，一邊希望能阻止這場無意中打造的犯罪產業鏈。

「我可以修到完全不一樣。」同事驕傲的說，手指已經在手機螢幕上激烈滑動，「畢竟主任功力那麼淺，竟然只修改顏色。妳要知道，這張原圖的數字可是紅色呢。」

「我知道。」我悲傷的說。

「妳知道？妳怎麼知道？」同事驚訝的看著她心目中的乖寶寶。

「我就是知道。」我再次想起去醫院的那一天，背後傳來的拍照聲，只是沒想到我還能有機會親眼看到當時的攝影作品。

「怎麼又是妳！」明白了什麼的同事興奮的大叫起來，然後踩著與叫聲與奮頻率相同的腳步快速繞過辦公桌，再用興奮的手，瘋狂拍打我僵硬的背。

「我們可以不用冒著生命危險搭公車捷運上班，都要感謝妳……」

一月 January

才意識到要戴口罩，就買不到了

武漢肺炎橫空出世，臺灣一週內就接連出現「境外移入」、「本土感染」個案。中國武漢封城，醫用口罩從限制出口到全面徵用，突然哪裡都買不到口罩，但許多人最在意的還是：出國玩的那張機票，到底要不要取消啊？應該會像上次SARS那樣，馬上就結束的吧？

February

二月

#戴口罩不可以化妝

我曾經也覺得新聞不該有立場，而是應該追求中立與眞相。但是當走入網路媒體，在這個能輕易分享、留言、評論的網路世界裡，每一篇新聞都是有立場的，而「立場」才是眞正可以「兌現」的工具，因爲只要有人支持，那麼新聞裡頭被認爲是眞相的含量就會相對提高，而當支持的人變多了，點擊流量也隨之增加時，那便是部分網路媒體所信仰的「眞理」。

畢竟流量沒有達標就代表工作成效不佳，這其實是件很弔詭的事情，那些認眞切題、擅求證、字裡行間邏輯清晰且沒有任何錯字的記者，其流量成績卻往往不比到處抄Dcard、Ptt，甚至連錯字都一起抄、版權都不問就全搬運走的記者。所以每次發流量獎金或升遷檢討時，大部分人認爲的新聞正義，有時必須先死亡才有辦法往上爬，如同殭屍一般，用野蠻的撕咬複製出同類，待同類成爲多數以後，才有資源去實踐曾經認爲的正義。

可是這個過程實在太漫長了，感覺人生只會在這樣的過程裡，迎向自己的盡頭，大環境仍舊不會有太巨大的改變，就算遇到武漢肺炎也一樣。

「武漢肺炎時期都要戴口罩，教什麼化妝？」老闆的聲音從會議室裡傳出，裡頭是時尚中心的同事。

「爲什麼戴口罩不能化妝啊？」這次是時尚中心記者美美的聲音，因爲講得很大聲才會傳出來，通常這種音量多半是在吵架，自從鑽石公主號疫情爆發引起全球關注後，會議室裡這樣的聲音就變多了。

「疫情這麼嚴重，妳寫口罩妝容這種輕鬆的議題就很不適當啊！」老闆一天不知道要大聲幾次。

「化妝爲什麼是輕鬆的事？化妝對很多人來說是必要的儀式，不然百貨公司一樓爲什麼都是化妝品？」美美抗議。

「可是，醫護人員都沒辦法化妝，我們這樣教化妝，怎麼給他們支持？」老闆突然開始擔心傷到醫護人員的心情。

「蛤？我們對醫護人員的支持怎麼會用在這裡？把口罩戴好，手洗好才是最大的支持。」美美不忘把話題拉回來，「所以我才要寫口罩妝容啊！因爲就算化妝也一定要戴好口罩！」

「口罩現在那麼少，化妝不就馬上把口罩弄髒了嘛？」老闆想到了一個理由。

「我裡面有寫到口罩墊片，口罩裡放一片墊片，就可以延長使用了。」看來美美已經把稿子寫好了。

「現在那艘鑽石公主號這麼慘，我們不應該出什麼化妝來轉移疫情焦點，那個給其他人去寫就好。」老闆嘆了一口氣後說。我突然想起他整個禮拜都在約談我們這些非話題中心的記者，試圖降低疫情新聞的比重。

「但我們總不能假裝沒有武漢肺炎這件事，出一些粉飾太平的稿吧？」美美不服氣了，「就算是疫情期間，化妝還是一種日常啊，爲什麼不能超前部署？」

「好吧，不然妳寫看看嘛。」在美美的力爭之下，老闆妥協了，會議室裡的聲音再次變成聽不見的音量。

二月，剛爆發不久的武漢肺炎已是媒體矚目焦點，但對於疫情能造成的影響，大家可能都還沒什麼眞實感，甚至還認爲這一切會跟SARS一樣，只需要緊張一段時間，很快就會落幕，畢竟這一年可是有東京奧運的，這個每四年必辦一次的國際賽事，規律到足以讓人產生安心感，彷彿它一定就是疫情的終點。戰勝過這麼多傳染病的人類，一定會再次化解危機，尤其主辦國可是日本啊，如此自律、注重集體意識、謹愼對待環境衛生的日本。

結果那艘停靠在橫濱港的鑽石公主號，直接就把武漢肺炎「人傳人」具象化，儘管在新聞畫面裡，它就只是靜靜的停在那裡，但也因此讓大家對船上正在發生的事有了各種想像。鑽石公主號上發生的事，就是吹響武漢肺炎警報的前哨，迫使大家面對這個存在於空氣中的、沒有解藥的病毒。

密閉的空間、來自不同國家的旅客、禁止下船的封鎖線、快速上升的確診人數，當初購買的艙房變成必須再住十四天的隔離空間，價格較實惠的艙等開不了窗，只能每天吸著不知是不是全船循環的空調送進來的空氣，擔心著也許已在自己體內滋長的未知疫病，唯一的透氣時刻，是打開房門領取放在門口的三餐，面向港口的窗外，都是穿著防護衣的人，以及閃著紅色警示燈的救護車、警車、消防車，再望得遠一點，黑壓壓的媒體擺開腳架陣，一顆顆鏡頭都在搜索著有人探頭的窗。

這些內容，我也是從新聞上看到的。每天看著財經、國際、政治、社會、醫療、生活線同事一出手流量就破萬，把辦公室的流量監測螢幕弄得像華爾街開紅盤一樣，長官們每天就是站在好幾個螢幕前面，看著節節上升的數字歡呼擊掌，這時，一位實習生抱著整疊稿件戰戰兢兢的路過，正好碰上長官興奮的大手一揮，成堆的稿子就這樣化作一張一張、漫天飛舞起來，儼然什麼大型成交現場，我撿起其中一張，上面寫的，都是武漢肺炎的相關新聞。

同一時間，辦公室的兩端正同時陷入死一般的寂靜，其中一端的旅遊中心裡有我的座位，另一端是時尚中心，平常都寫一些吃喝玩樂、穿搭美妝，因爲疫情的關係，現在這些統統都變成寫不得的話題。

是啊，現在應該沒有比跑郵輪線的記者更悲傷的了。

「我也很慘好嗎！」坐在我身後的同事像是聽到我的心聲，怒嘆了一聲。

對，他眞的很慘。

旅遊中心的記者，每個人都有負責的「線」，像是國內旅遊、國外旅遊，然後再細分成地域、產業或各種旅遊型態，負責的記者就是要掌握這些線上的最新消息、挖掘不同的旅遊資訊等。

而這位眞的滿慘的同事就是負責香港旅遊線。先前香港反送中時，差點因爲老闆想拿到香港旅遊局的贊助，被派去香港報導美食之旅。他說，要在滿街都噴催淚彈的地方，以年輕學子用生命捍衛未來的濺血現場當背景，一邊吃美食、一邊拍照，就算訪完他還活著也不想回來了，因爲比起用他的名字推薦臺灣人去這樣的香港吃美食，留在那裡記錄香港的眞實模樣更實際。

「不過我們公司已經有國際中心的同事在做這件事了，所以也輪不到我。」那時的他苦笑著說，當天，香港這條旅遊線就因爲政治因素被消滅。

然後他獲得了兩條新的線：飯店，以及主題樂園。

「鑽石公主號慘成這樣，根本沒有郵輪敢出海，老闆就不可能逼妳上船環遊世界。」他說，「可是老闆剛剛已經叫我聯絡飯店業者，說要開始大做飯店旅遊！」

用二〇二一年的眼光來看，當時老闆的決策的確是超前部署，因爲隨著疫情起落，國內旅遊的確成爲國人排解煩悶的唯一選擇。但是當時的我們，正處於只要發一篇旅遊美食新聞就會被網友爆罵的程度，而且那時候還很流行各種「臺版」旅遊景點，像是臺版馬爾地夫、臺版豪斯登堡、臺版小京都、臺版天空之城……

「疫情這麼嚴重，你們還鼓吹大家旅遊？」

「一直臺版煩不煩啊？根本不像。」

「寺廟就寺廟，什麼臺版小京都，神經病。」

「是有多自卑才把臺灣都寫成其他國家？」

「無良媒體，我要退訂。」

「防疫破口就是在說你們啦！」

「武漢肺炎會人傳人，你們現在是鼓勵大家出門人傳人？」

如此，也難怪他會這麼絕望。

因爲記者就和業務衝業績一樣，只是我們衝的是流量，而且還一定要達標，沒達標會被檢討甚至被懲罰。而達標的標準在疫情爆發以後，始終沒有調降，整個旅遊中心的流量已經在低谷擺盪了近半月，訂閱數還雪上加霜的直直落，讓長官們沒有辦法享受華爾街成交式的歡呼，甚至每出一篇旅遊新聞，就變得越來越像過街老鼠，在網路上成爲人人喊打的存在。

眼看大家手上的新聞資源因爲疫情紛紛陷入停滯狀態。這樣的窘境裡，政府突然宣布的「口罩實名制」簡直就像天降甘霖般橫空出世，我乾脆開始寫口罩相關新聞，像是哪些地方可以購買、怎麼購買、身分證尾數「0」算奇數還雙數、一個人最多可以拿幾張健保卡去排、哪些地區的藥局比較容易買到。

「妳怎麼可以寫那麼多口罩新聞？我們明明是旅遊中心。」隔壁同事有點羨慕的看著我的發稿單。

「為什麼不可以寫？」我無辜的說，「比起現在叫大家去哪裡玩，還不如先讓大家把口罩戴好再去玩啊！」

「老王！」老闆的聲音從遠處傳來。

「幹嘛？」我嚇一跳。

「妳寫那麼多口罩的新聞幹嘛？這不是我們的……」老闆氣急敗壞的拿著發稿單來問，但視線卻被旁邊的流量監測螢幕吸過去。

「喔？」老闆說。

「喔？」隔壁同事說。

「喔？」很慘的同事說。

「哇，在上升了。」我開心的說。

「老闆，我們終於開紅盤了！」小組長淚眼盈眶的抓著馬克杯衝過來，空著的那隻手小心翼翼的搭上老闆肩膀。

老闆竟然也欣慰的拍拍小組長的手，兩個人齊肩站在流量監測螢幕前面，望著每秒都在攀升的數字，直到變成五位數。

眞是一幅美好的畫面。

……………………

雖然我寫了那麼多口罩新聞，賺盡了流量，卻沒辦法保護自己，因爲我其實從來沒能買到過。

每天下班回家前，我都會繞到家裡附近的藥局看看，今天有沒有機會買到那兩片口罩，但往往不用走到藥局門口就可以看完了，因爲隊伍每天都長到漫出來，甚至加入隊伍的人從來沒有停過，所以人流像水一樣不斷湧出巷口。排在隊伍裡的人也都很敏感，我可能只是經過時停下來想看看藥局內部，就會有人扯開嗓子喊：「小姐請不要插隊！」原本沉默的人龍聞聲彷佛瞬間醒了過來，像波浪一樣往我的方向拍打著。

因爲沒有辦法買到口罩，每天都只能光著臉搭捷運、搭公車去公司上班，然後繼續在網路上搜尋那些有買到口罩、而且還是特殊口罩的分享文來改寫衝流量。那時的口罩可不比現在琳瑯滿目，大家都是只求有、不求樣式，所以當領到藍色、綠色之外的顏色就會很興奮，像是愛馬仕橘、薰衣草紫、櫻桃紅、曜石黑等等，都是稀世珍品，拿到媽祖圖案的更是有如抽到國運籤一樣，感覺自己被深深庇佑。

記得還有一種口罩，耳繩上有可調節長短的珠珠，當時的大家都還在適應口罩人生，很少人知道那個珠珠是要用來幹嘛的，還會上網發文詢問，直到得到答案後心滿意足，網友們也紛紛留言讚嘆板主好幸運。一切，是那麼的純樸、可愛，像極了不到十年前、哀鳳還未上市前的那段時光。

當時，我們買的是滑蓋或掀蓋的手機，甚至日本的SHARP水貨掀蓋手機，都還是女生心中的夢幻機。螢幕已經是彩色的了，遊戲也不只有貪食蛇，記得大學時，只要上到那種點名就過的課，就會躲在最後幾排玩遊戲，尤其是那個積木式蓋大樓的Tower Bloxx，因爲只需要按一個鍵就能一直玩，手指動得比較不猖狂。而彼此聯絡也都是用簡訊居多，所以跟著多數人選電信公司就變得很重要，因爲只有跟對方同屬一家電信公司，才有機會網內各種免費，這些，都是當時的小確幸。

而武漢肺炎只用了不到一年的時間，就讓大家把曾經習慣的日子，都儲存進了共同回憶「想當年啊……」甚至在不到兩個月的時間裡，再次因爲熟悉的政治因素，變成了另一個名字「2019新型冠狀病毒肺炎COVID-19」。

「來來來，你們之前新聞裡有寫到武漢肺炎的，現在全都要改成『2019新型冠狀病毒肺炎COVID-19』，而且要寫在第一個段落，SEO（搜尋引擎優化，目的是讓搜尋結果往前排序）才抓得到。」主任從會議室回來後向大家宣布。

「你不覺得太長了嗎？」很慘的同事哀嚎，現在看起來更慘了。

之前爲了減少罵聲，我們在做旅遊相關新聞的時候，會直接在第一段提醒「因武漢肺炎疫情嚴重，民眾出門務必做好防護措施，正確配戴口罩、勤洗手並保持安全社交距離。」但因每個段落有字數限制，所以自從疫情以來，第一段能發揮的空間一直很緊繃，而現在這場疫病的名字還加長了。

「臺灣人要搜尋也都是打『武漢肺炎』，有誰會在Google上搜尋『2019新型冠狀病毒肺炎COVID-19』啊？」我說。

「這是上面的政策，就像我們提到『中國』時都要寫『大陸』一樣，都是公司的統一新聞用詞。」主任解釋。

「眞的，是統一用詞無誤。」隔壁同事開了一個雙關玩笑。

「我跪不下去，明明用『武漢肺炎』就好，是怕變禁詞會上不了微博是不是？」很慘的同事還在做最後掙扎。

「總之，你的意思是爲了SEO優化，所以一定要有『2019新型冠狀病毒肺炎COVID-19』這幾個字嗎？」我再次跟主任確認。

「對啊，因爲以後全世界都會這麼叫。」主任無奈的說。

「什麼全世界，只有講中文的會看到這麼長的名字。」隔壁同事嘟囔。

「那這樣可以嗎？」我在群組裡打了一串字。

2019新型冠狀病毒肺炎（COVID-19，又稱武漢肺炎）

「這樣不管是搜尋『2019新型冠狀病毒肺炎』還是『COVID-19』還是『武漢肺炎』的人都在我們認爲的SEO範圍裡了啊。」我說。

「這樣不會太長嗎？」主任皺眉。

「反正不管怎樣都很長，那乾脆寫到最完整，不是更符合你們想要的優化嗎？」很慘的同事說，「奇怪欸，伊波拉病毒怎麼就不用改名，西班牙流感怎麼就不是在歧視西班牙人。」

我待過很多間媒體，每一間在提到「中國」時，新聞統一用詞都不太一樣，但基本上從使用「中國」還是「大陸」，有些不用明說的事便可想而知。這是一個有趣的觀察，像是有些可能偏綠的媒體，在武漢肺炎正名事件後，仍會在「新型冠狀病毒肺炎」前面加上「中國」二字，變成「中國新型冠狀病毒肺炎」，堅持不抹去衆人對這個病毒的共同記憶。

雖然「武漢肺炎」只是一種俗稱，也還是有媒體至今仍堅持使用，完全沒在甩SEO。畢竟當受衆習慣使用「武漢肺炎」時，那維持受衆習慣作爲搜尋關鍵字之一，不也是很合理的嗎？

但我們已經習慣了，習慣了當中國有動作時，公司裡總是會有人如打草驚蛇般跟著動作，而且必須大家一起做。全世界也許只有臺灣才會有這種現象，透過對鄰國的稱呼，就能明白該表態的方向，表態心中的國土是大的一言堂，還是小的自由自在。

當我們剛解決名稱問題，辦公室另一端又有問題了。

「上面竟然把我那篇新聞下架了！」

美美氣急敗壞的衝過來抱怨，看來是那天在會議室裡，她獲得老闆允許發出的口罩妝容教學文。

「就因為有網友留言罵，武漢肺炎教什麼化妝要退讚。」美美拿出網友的留言截圖，「明明流量很好，卻因為網友的留言得下架！」

「這個網友是誰啊？名人嗎？」隔壁同事問。

「就是個路人！甚至可能是假帳號！」美美再秀出網友的個人頁面截圖，

照片是一張日月潭純風景照，好友人數只有十三人。

「那有必要在乎這個人的留言嗎？不是流量很好？」隔壁同事不解的問。

「可能說到老闆的擔憂了吧，他那天在會議室裡就很在意不是嗎？」我說，「感覺這個網友的立場跟老闆當初想的一樣。」

「妳也有聽到對吧！」美美氣呼呼的轉向我，「那妳不覺得很誇張嗎？」

「這其實就是一種先入爲主的立場，覺得口罩就是生病的人戴的，而且還覺得生病的人不能化妝，這樣會看起來太有精神。」雖然我還沒能買到口罩，但已經開始在想像，當口罩成爲必需品的時候，口罩沒遮住的地方不就是第一印象了嗎？那等到口罩普及在每一個人臉上時，我眞的會想素顏戴口罩嗎？

不會，因爲化妝後的臉，也是一張臉。

「不是啊，美美，戴口罩幹嘛非要化妝呢？又沒人看得到。」老闆不知何時飄到我們身後，就這麼突然的加入討論。

「吃飯的時候總會拿下來吧？喝飲料的時候總會拿下來吧？喘不過氣的時候也會拿下來啊！」美美連珠砲似的回了一大串話，「這時候定妝就很重要了，如何讓妝容在拿下口罩後依舊完美，這才不是一件容易的事。」

「吃飯喝飲料才多久的時間，不會有人看妳吧？」老闆笑了。

「化妝的重點不是有沒有人看，而是爲了自己開心。」美美難過的說，「對於那些認爲化妝是一種幸福的人，難道遇到疫情，這樣的幸福就要消失嗎？我們部門的工作，不就是爲了讓這些人遇到困難時，仍然可以追求自己想要的模樣嗎？」

化妝，一直都是被各種偏見圍繞的事，有人覺得女人化妝是種禮貌、有人覺得女人化妝是爲了男人、有人覺得女人化妝是種妖豔、有人覺得女人化妝是沒自信的表現……卻很少人會替當事人覺得，化妝其實就是一件快樂的事而已，甚至不限男女老少，不在乎有沒有人看到。

會管到這種地步的人，他們腦中的化妝又是什麼模樣的呢？而他們擅自篩選包裝後的新聞，又會送到多少人眼前，在多少人的分享與留言中，逐漸成爲一種眞相。

明明，就只是化著妝戴口罩而已。

……………

日子一天天過去，疫情仍不見趨緩。二〇二〇年春天的賞花活動，許多官方都主動配合中央防疫措施取消了，淡水天元宮甚至發緊急公告呼籲：「會請工作人員戴著口罩把櫻花拍給大家看。」希望以「線上賞花」取代現場群聚可能。但因沒強制規定不可自行前往，所以花海下依舊有人頭竄動。

花謝、花落，接下來，漸緩的春風將會帶走日夜溫涼，炙熱的陽光與地面上發燙的柏油相互照映著，用盡生命的聲聲蟬鳴轉眼又帶走夏日……我們曾經期待新冠肺炎會像SARS一樣在炙熱中消失，然而這場疫病卻挺過了四季、又進入下一個四季。

漸漸的，我們好像已經習慣了所謂的防疫新生活，尤其在本土案例連續「加零」的紀錄下，我們更是任性的過得比全世界再接近往昔的日常一些。

那些曾在疫情期間搶著表態的立場，也隨之日常化，如同往日各種重大事件一樣，不論歪理還是真理，最終都將融入我們的生活，繼續推送到手機、電腦、社群平臺裡，我們的點擊與轉分享，都將成爲每個立場，繼續原地踏步的養分。

二月 February

原來0是偶數

「口罩國家隊」成立六天後「口罩實名制1.0」上路，兩片十元的價格打破物以稀為貴定式，變成「有買到的話很可貴」，每隔七天才可再買兩片口罩，還得依身分證末碼單雙號購買，不少末碼0的人現在才確認自己算雙數，莫名解鎖身世之謎。

March

三月

#居家工作同意書

三月，病毒的模樣還不是很清晰，但公司樓下的體溫站似乎已經不足以防禦員工們心中的恐懼，居家工作的浪潮，終於也席捲到了這裡。

某一天早晨，我像往常一樣在公司一樓排隊，等著量測體溫，結果隊伍的第一個人被量出「38.2度」。

「我發燒了？」第一個人嚇了一跳，手放到自己額頭猛摸。

「沒有，是額溫槍壞了，38度現在是正常體溫。」警衛用沒有感情的聲音，戳破人家的病假美夢。

第二個人也是「38.2度」，第三個人則是「38.7度」，第四個人「38.4度」，眼看這些明明很「母湯」的體溫結果，竟然可以一個個踏進公司電梯，我真的以爲額溫槍壞了。

可是輪到我的時候，我的體溫是「36.2度」。

「請進。」警衛放我進去，揮手叫下一個人前進。

可是我沒有動。

「你剛剛說額溫槍壞掉，38度才正常，那我現在36度也可以嗎？」我緊張的不是我自己，而是如果前面的人其實都是眞發燒，怎麼辦？

「小姐，我們要攔的是發燒的人，不是低溫的人。」警衛不耐煩的說。

「額溫槍眞的壞掉了嗎？」我開始懷疑。

結果下一個人的體溫結果也是「36.2度」。

「哎呀，額溫槍該不會是突然好了吧？」警衛樂觀的說。

我再也沒辦法相信辦公室是安全的了。

走進辦公室，才知道大家都對體溫站的管理鬆散很不滿意，加上最近新聞有因爲零星的疑似確診足跡，導致整間公司被迫閉門消毒的前例，不安的氣氛在沒有祕密的辦公室裡，快速的傳開。不久後，公司終於展開居家工作的布置，可是他們下的第一步棋「居家工作聲明書」，卻讓原本防疫的美意，成爲了惡意。

……………

我其實簽過不少聲明書。

這些聲明書的共通點，只有「狡猾」二字可形容，它們會在你最需要往前走的時候攔路出現，通篇以「本人」開頭、造出你我都明知違法的字句，替你說完所有進來這間公司以後要成爲的樣子，你必須承諾先成爲公司理想中的人，然後在上面簽名，才能繼續往前走。

我第一次簽下去的，是「女性夜間工作聲明書」。

「本人同意因職務需求，可能會有超時工作、夜間加班至無大眾交通工具之時刻，公司並無義務提供交通工具協助女性同仁返家。」

「本人同意如有加班超時，將優先申請補休而非提報加班費。」

勞基法其實有針對女性夜間工作的基準法，並強調勞資同意女性因職務必須在夜間工作時，公司必須提供必要安全衛生設施，無大衆運輸工具可運用時，必須提供交通工具或安排女工宿舍。

但這份聲明書裡，卻是叫我放棄要求「公司應該要做」的事，更諷刺的是最後人資還提醒：「請同仁在上班時間內完成工作，共同打造良好工作環境與生活品質。」

早就對記者二十四小時on call抱有覺悟的我，根本沒想到自己是女生又如何（又或者沒特別意識到，性別原來處處有差異），卻在這一紙聲明書上，重新想起社會對女性的限縮，若在傳統性別觀念裡，女性只能是吃虧受害的一方，那我們似乎注定只能「危險」，而公司大概也是在這樣的前提之下，遞出這張象徵著「妳們女生不是常常講要公平」的一紙聲明。

第二次簽下去的，是「放棄生理假聲明書」。

「本人同意維持身體健康屬職責範圍，非必要不輕易請病假，如請病假需前一天告知且附上就醫證明。」

「本人同意放棄享有每月一次生理假之權利，如真有需求，一律以病假計。」

該公司是一個相當「人治」的公司，總裁不喜女性同仁請生理假，只要敢堅持請生理假一律調職或迫辭。

「妳要請就請病假，不要假鬼假怪請什麼生理假。」總裁眼中的兩性平權，是先抹去女性生來就有的生理現象，而且還是他媽也必須先有才能生下他的生理現象。

「如果每個月女性員工都要請一次，我公司還要不要運作？」這是總裁的理由。

可是我們每個月僅有一天的生理假，來自於他永遠無法按月流出的髒臭腥血，背後代表著的是承擔懷胎十月的生理變化、經歷生小孩的疼痛與生死關頭、面臨職場去留的壓力，這些都被他以公平及營運為由剝奪了。

我當時因爲需要那份工作，加上公司裡的女同事都簽了、看起來也待得好好的，於是咬牙閉眼簽上自己的名字，儘管心裡非常的不舒服。

而這樣的不舒服，並沒有因爲融入企業群體而消散，反而讓我越感自己格格不入，但那張聲明上的我的簽名，卻已讓我無力去說。

接下來的日子裡，每當經血來潮，那便只能是病，剝落在衛生棉上的幾塊碎血變得硬如尖石，每個月不知強度會達到多少的經痛，卻因自己親手簽下的封口令，再沒抒發與緩和的可能。

似乎，都是自己造成的。當我打起精神抗議時，公司果然拿出那張我簽過字的聲明書。

「妳自己同意，爲何現在要反悔？」

「每間公司都有自己的文化跟規定。」

「妳不就是同意要上這條船，才簽的嗎？」

公司甚至端出無法撼動的貧富差距。

「妳可以去告啊！」

「妳覺得罰幾萬塊對老闆來說有差嗎?」

「但妳的前途會賠進去。」

「就算這樣,妳還要告嗎?」

明明知道這是違法的事,我卻也成了助長這張聲明書壯大的一員,很多人會說,管他罰多少,既然明顯違法還是可以去勞動部告。

但,如果告發有用,爲何像這樣漏洞百出的聲明書,仍然層出不窮?

……………………

在公司敲定要實施居家工作制度的那天,總經理集合所有人進會議室群聚,依序發下那張「居家工作聲明書」,拿起麥克風就直入主題,先稱因疫情關係,很多產線停擺,導致公司買不到筆電,然後突然沒頭沒腦的開始感謝同仁貢獻「私人電腦」替公司服務,我們這才知道,居家工作的代價之一,是消耗自己的電腦。

但更大的代價還在後頭，總經理表示，爲了確保居家工作品質，大家都必須簽署一張居家工作聲明書，聲明員工本人願意提供「私人電腦」及「個人相關通訊設備」供居家工作使用，並讓公司在「員工的私人電腦」安裝「追蹤軟體」，同意公司對「員工的私人電腦」進行「截圖」、查詢「上網瀏覽軌跡」、「開啓鏡頭照相」或其他保存紀錄工作，總經理稱，這都是爲了大家好。

「在家工作，會有很多誘惑導致工作品質降低。」

「工作若因此沒有達標，公司會無法營運下去。」

「安裝追蹤軟體的目的不是要監控，而是要幫助你學習在家工作。」

「而且如果主管質疑你有沒有在工作，追蹤軟體『每八分鐘』就會截圖你的螢幕。」

「這可以讓你用來保護自己，不被隨意懷疑。」

而在追問之下，我們才知道這個所謂的「每八分鐘」截圖一次是強制的，身爲電腦主人的我們唯一能自己控制的，就是在被截圖後的十秒時間裡，決定這張截圖要不要讓你主管收到。

「十秒不會太短嗎？」有同事發問。

「也可以自訂成三十秒，這個可以個人化！」總經理笑著回答。

追蹤軟體個人化？我的私人電腦每幾分鐘就要被強制截圖傳給一堆人生過客，還只有「秒」這個單位的時間可以檢查截圖有無隱私，這是在工作還是在服刑啊？

然後，爲什麼可以收看我私人電腦截圖的，是一群同樣也在領薪水的人？就因爲他們身在管理職，就可以擁有這樣的權限，甚至還可以查詢我的私人電腦上網軌跡。

「沒有啦，不會查到上網軌跡，只是截圖而已。」總經理趕緊解釋，「不然大家把那行刪掉好了。」

會議室隨即響起一片在紙上畫線的沙沙聲，沒想到，刪掉一項聲明書上的聲明，就是這麼的簡單又樸實無華。

這時又有人舉手發問，問說聲明書上寫的「開啓前鏡頭供追蹤軟體照相」

又是怎麼回事？

「爲了確定你在電腦前面工作。」總經理說，「也是爲了保護你不被懷疑。」

「放心，它只會照到糊糊的。」看見大家滿是疑慮的眼神，總經理急忙補充，「就是隱約，看得到你眼睛鼻子嘴巴長在哪而已。」

誰眼睛鼻子嘴巴不是長在那些位置？爲什麼會拿出這樣讓人難以信服的解釋，就覺得可以說服我們接受公司的要求，讓我們主動在工作時間裡，撕開那張平常爲了防偷拍，貼在前鏡頭上的貼紙，供公司遠端遙控「我的私人電腦」對我自己拍照？

這明明是私人電腦，裡頭有我們不必窩藏的最眞實模樣，曾經以爲這些隱私永遠只會屬於自己，直到今天才發現，竟然有人覺得用一紙聲明書就能輕易奪走。

而這張聲明書的問題還沒結束。

「那在家工作聯絡事情時，產生的通訊費用要怎麼辦？」會議室裡又有同事發問。

「我們鼓勵大家用免費社交軟體聯絡。」一直站在角落的人資這時候出來回答問題了。

「那如果沒有對方的LINE呢？我們不是隨時都有新客戶的LINE。」同事沒有被說服。

「那你就拿帳單來報。」人資丟下一句看似理所當然的解答，但只要看完整張聲明書，你就會知道這個解答有陷阱。

因爲聲明書裡只有寫「本人同意提供通訊設備供居家工作使用」，沒寫產生費用要怎麼申請，卻很巧妙的註明了「居家工作期間公司將停止支付交通津貼」。交通津貼只有公司的老人才享有，資淺的根本沒有任何津貼，影響不大，所以還是把焦點放在了那個讓人不安的追蹤軟體。

「我們有規定時間出稿。」我忍不住舉手發問，「時間到沒出稿就是遲交，這樣沒必要裝追蹤軟體了吧？」

「喔，你們不要把這個想成追蹤軟體。」總經理說，可是聲明書裡就是寫

「追蹤軟體」，這四個字我們還能想成什麼？

「可以把它當作分析工作的好夥伴！」總經理開朗的說明，一邊說，一邊在會議室有限的空間裡來回踱步，「我自己每天起床就會打開它，用來分析我一天都在幹嘛，我連吃早餐都會打進去呢！」

會議室的氣氛不知道爲什麼，突然變得很像TED的演講現場。

「因爲我誠實的記錄了一天的生活，所以才能藉由這個軟體，發現我的人生在哪裡花掉太多時間。」總經理用振奮人心的聲音繼續說，「我的生活因此變得更有效率，所以想說可以藉由這次居家工作的經驗，讓大家都有機會利用這個公司免費提供的軟體，來重新整理自己的生活。」

「所以您的意思是，」我又舉手了，我也很納悶自己的理智線怎麼還沒有斷，「這個軟體是要幫助我們調整在家工作的心態，但要交出私人電腦的權限給主管觀看才可以？」

「對。」總經理激賞的給予肯定。

「我先不探討人性本善還是本惡。」我盡可能禮貌，但會議室裡還是傳出一波被口罩悶住的笑聲，「我該怎麼相信我的主管能秉持正直的心，看待那些平常窺探就算違法的隱私呢？」

「主管很忙，不會有空去看，除非妳消失不見。」總經理耐心的解釋，感覺得出來他很希望居家工作能順利推行，但他的解釋，總是讓聲明書上原本就很苛刻的條文變得更加苛刻。

「不會有空去看，那為什麼還要安裝追蹤軟體？」我小聲的抱怨，如果我真的消失不見，拜託先幫我報警，而不是先連線去看那張被傳回公司的糊糊的照片。

「主管不會那樣使用追蹤軟體。」總經理用堅定的態度，表現出對現場所有主管百分之百信任，「妳要知道，工作是建立在彼此信任的關係上！」

先說要監控我們，再說工作要建立在信任關係上，到底是總經理剛剛演講到一半格式化了自己，還是公司明知不可為，卻硬要執行？

「關於主管的行為與人格，」我說：「我持保留態度。」

「這個軟體可以關掉，妳也可以選擇不要用。」總經理終於鬆口，「但不要用的方法只有一種，就是先安裝後連線一次，接下來要不要開都隨便妳，這樣行了吧。」

就是因爲總經理這句話，原本對聲明書有疑慮的人，這下全都毫不猶豫的簽了，接下來幾天開始陸續安裝追蹤軟體，「反正可以關掉。」他們說。

可是，這個軟體安裝到一半，有一個必填項目是選擇「所在國家」，選項裡有全世界就是沒有TAIWAN，但是有CHINA，你只能選CHINA，有些同事賭氣選了南韓、南極洲，但終究都不是臺灣。

所以這紙聲明書簽下去，不只沒隱私、沒人權，還沒了國家，只能選CHINA的軟體，它的安全強度能有多高？

「妳幹嘛把事情講得這麼嚴重。」小組長皺起眉頭，「這根本不是什麼大事。」

「公司在員工私人電腦安裝只能選CHINA的追蹤軟體。」我說，「這行爲背後代表的意義，眞的是小事嗎？」

因爲我始終沒簽，所以不用安裝這個軟體，而做出這個選擇的下場只是一定要到公司上班而已，不是被炒魷魚，但儘管如此，還是很多人選擇不要承受這種下場，「因為健康比較重要。」他們又說。

當公司拿隱私、人權跟國族認同，去交易勞方對健康安全的渴求，究竟我們的健康到底值多少價呢？

「這是公司的規定，在這裡工作就是要遵守。」小組長說，「妳不爽可以不要簽。」

「這不是爽不爽的問題。」總是輕描淡寫的把問題推到個人情緒上，這種招數從我出社會起就有了，我也曾經多次因此陷入自我懷疑的痛苦中，這些我都記得，所以現在我已經不會懷疑自己了。

「我自願承擔不簽的後果。」我冷靜的回，「而且沒慫恿任何人跟進，選擇簽下去的人一定也做好承擔的準備，所以真正有問題的才不是我們爽不爽，是這張聲明書怎麼會擬出來？」

「好，就是個人原則的問題，可以嗎？」小組長換個說法。「妳不要也沒關係，但就是一定要來公司上班。」

「當然。」我聳聳肩，「如果這樣可以不被公司監控我的私人電腦，當然可以。」

「我不會監控，妳爲什麼一直覺得我會？」小組長無奈的嘆了口氣。

我看著這個曾說過相信人性本惡的人，他展現了人性本就善變、利己的樣態，卻總想說服別人他是有原則的。這其實很正常，他是這樣，我也是這樣，你們也是這樣，只是今天被剝奪隱私與人權的，並不是他。

「你會有我們簽名授權給你看的權限。」我接著說，「你當然可以說，你不會看，但人性眞的有這麼老實的話，韓國N號房是怎麼誕生的？」

「別再提N號房了。」小組長阻止我說下去，然後吐出了他眞正煩心的眞相，「妳誰不槓，一定要在會議室槓上老闆的小孩。」

在會議室裡口沫橫飛的說服大家同意安裝追蹤軟體的總經理，就是老闆的小孩。

「我也是我爸媽的女兒啊！」我說。到頭來，一切又回到「身分」兩字。

看著一整疊簽好的聲明書。臺灣，離眞正的尊重其實還很遠。

勞資的合意，一直都很難在平等的基礎上進行。有些公司擅長用共體時艱的話術，將明顯的不平等裹上層層糖衣，甜到讓你暫時放下心中的疑慮，再發現自己的身不由己，進而臣服於現實的壓力，甚至刻意忽略資方的惡意。但那個曾在心中泛起的疑慮，從沒在一次次妥協中消失，而是在某個夜深人靜的夜裡，壓得自己無法翻身。就像《豌豆公主》一樣，躺上四十層床仍可感受到那顆豌豆。公主最終因爲那顆豌豆，獲得被結婚的理由，而我們，依舊在累積著豌豆，前途是否一樣被動，不得而知。

偶爾會想起，那個曾在凌晨獨自站在街頭、腦海盤繞著今天處理的各種社會新聞、膽戰心驚的搭上計程車、一路大聲的對著沒人的話筒聊天、直到付完高額車費、打開家裡大門、走進沒有人等的黑漆漆客廳、擁抱著這才放下心的難受的自己。又或是那個每月都要被公司否定疼痛的子宮、獨自溢著被稱爲一種病的腥血、任憑一顆顆止痛藥滲腎浸脾，阻止就快要吶喊出口的自己。

這個世界的確從來都不公平，不論怎麼努力都是，但當我們有選擇權時，究竟哪一邊才更失衡？

「對不起。」我走進塞著滿滿人群的車廂，拍拍戴著口罩的自己。「對不起，我不能簽這個名。」

如果性別已經無法突破社會眼光的屏障

我只希望

我只希望還能享有自己的堡壘

一聲聲對自己的呢喃，卻是在經歷過這麼多張非法聲明書後，最好的褒獎。

三月 March

國境封鎖

奧運破天荒宣布延期、歐洲各國陸續封城，疫情全球升溫，政府正式宣布「非本國籍者禁止入境」，並建議大家避免非必要出國，幾乎可說是「封鎖國境」。明明才要入春，大家出國的小確幸，以及旅遊、航空業，卻迎來無盡寒冬。

四月

April

#失業的正當理由

當疫情已經把全球經濟與健康衝擊得一場糊塗，臺灣卻在這一片低迷中，被供應量逐漸穩定的口罩守出一片祥和，但其中的波濤洶湧，似乎都能在我媽的數學教室裡窺得一二。

我媽經營數學教室已二十四年有餘，其中一個特色，就是每堂課都歡迎家長旁聽，於是陪孩子來上課的媽媽們有了新的聚會地點，上課前下課後，都會在教室外的長桌一起用餐、聊孩子、聊孩子他爸、聊孩子的便當菜，偶爾有一位爸爸出現在教室裡時，媽媽們總會先露出驚訝的表情，然後再恢復親切笑容，並用親切的語氣詢問：「怎麼是爸爸來？小孩的媽媽呢？」

雖然媽媽們會在長桌上，挪出空位給那位看起來窘促的爸爸，但這些偶爾出現的爸爸，總會靦腆搖手獨自站在門口，眼睛繼續跟著孩子和朋友玩鬧的身影打轉，直到我媽喊上課，爸爸才會趕緊進教室，找一個最邊邊的位子坐下。

這一切看起來好像很合理，卻又有點讓人想打抱不平，爲什麼爸爸就不能在平日的上班時間出現在小孩的補習班裡？又爲什麼一定要是媽媽陪伴小孩左右？這樣子的疑問，其實已經是老生常問，雖然越來越多人都能明白，性別與夫妻責任分野並無關係，但是現實往往與理想的差距很大，有些夫妻是在充分的平權意識下，做出男主外女主內的育兒決定，卻容易在過程中，被許多隨意將這樣的現象當做兩性平權倒退例子的人，逼出了心結；而眞正實施女主外男主內的家庭，卻還是很難避免那些意外的眼光。

如果主張平權的社會裡，其實還沒有足夠寬闊的胸襟，那平權終究只是表象而已，甚至還會犧牲掉許多眞正委屈的聲音。

當各種論點爭戰不休時，教室裡的氛圍，卻在今年悄悄變了調。

這幾天，不，應該說是上個月開始，教室裡的陽剛氣突然變得很重。仔細想想，一切都是從那個西裝筆挺、油頭梳起、渾身古龍水味的張爸爸開始的。

我們那時當然不會猜到，張爸爸這樣的穿著竟跟電視劇裡演的一樣，失業了卻不敢告訴家人，每天仍穿上全套戰服準時出門。但電視劇終究是電視劇，男主人公假裝上班的一天，經過剪輯後變得很短，好像在公園坐一坐就可以回家了，但現實中的一分一秒都無法快轉。張爸爸雖然也去公園坐著，甚至還想學電視裡的男主人公買便利商店的麵包跟咖啡，但一走進便利商店又躊躇了，沒了工作，花出去的每一塊錢都變大許多，爲了讓女兒能繼續上最喜歡的數學課，學費得要先存起來才行。

沒有咖啡跟麵包的公園長椅，讓時間走得更慢了，想滑手機殺時間，但看著大家報喜不報憂的社群發文，心，只是變得更辛苦。於是張爸爸決定晃去女兒學校附近，等著偷看女兒下課的樣子，這時才發現，自己竟然連女兒讀的是三年幾班都不知道。

但他沒想到，自己不知道的事還有很多，那天是星期三，女兒只上半天課，所以當張爸爸還在校門口猶豫時，女兒已經連人帶書包衝進他的懷抱。

「爸爸你怎麼會來接我！不用上班嗎？」張小妹開心的在懷裡抬頭。

「喔，爸爸今天也上半天班。」張爸爸慌張的撒了一個謊，但張小妹轉眼就離開懷裡，似乎也無心細問。「欸你們看，這是我爸爸！我爸今天竟然來接我耶！我跟你們說，他在公司手下有超多人喔！而且他做的東西你們一定也有用過，就是那個……是不是很棒很厲害……」

看著女兒到處跟朋友炫耀自己，張爸爸的眼睛突然有點痠，他似乎從來沒有主動了解過女兒的學校生活，但女兒卻在他無心的向她走近一步時，馬上滔滔不絕的將她人生八年裡與他相處的點滴，變成全部的快樂。

「好了，我們回家吧！」既然這樣，張爸爸也不想在外面假裝上班了，決定今天早點回家。

「爸爸，現在不是要回家啦！」張小妹用可愛的聲音重新導航，「我今天要上數學課！」

於是，那個西裝筆挺、油頭梳起、渾身古龍水味的張爸爸，就這樣出現在我媽教室門口。

當他還在猶豫自己該不該進去的時候，張小妹已經衝進教室，對著我媽大聲炫耀：「老師！我跟妳說喔，我爸爸今天來學校接我下課，還幫我買紅豆鯛魚燒，這個奶油口味是要給老師的，然後今天爸爸還要陪我上課，然後老師我跟妳說，我爸爸他是做那個喔……」

張爸爸只好踩著他晶亮的手工皮鞋，小心翼翼的踏進教室的木地板，一身正裝的他頓時吸引不少目光。

「老師您好，我是張小妹的爸爸。」張爸爸靦腆的介紹自己。

「您好您好，沒看過您耶！今天要進來一起上課嗎？」我媽親切的邀請。

「爸爸也可以進來聽課是嗎？」張爸爸不太確定的問。

「當然可以，」我媽笑著說，「爸爸媽媽都歡迎啊。」

一週又一週過去，張爸爸每個週三都會穿著大學T跟牛仔褲、拎著女兒的便當袋，跟張小妹一起和樂融融的出現，似乎早已放下假裝上班的執念。

「我最喜歡新冠肺炎了，因爲它讓爸爸失業，爸爸就可以一直陪我了。」

張小妹又扯著嗓門炫耀起來，身體像還捨不得似的、黏在爸爸腿邊扭來扭去，連上課的時候也忍不住一直回頭對爸爸擠眉弄眼，前所未有的開心模樣，就是讓張爸爸選擇誠實面對失業的力量。

而這樣的爸爸，變得越來越多了。

多虧已經有經驗的張爸爸，熟練的領著那些曾和他一樣在門口躊躇的爸爸們，一起把握與孩子相處的時光，同時也在教室交到不少爸爸友跟媽媽友，不分性別的交流著育兒經跟之前的職場風雲，原本疫情前「媽媽坐長桌、爸爸躲門口」的那種疏離，已不復存在。

我每天在教室裡看著這幅光景，心裡只有無盡的羨慕與感慨。

因為二十年前，我的爸爸也失業了。那時沒有全世界都會同理他的新冠肺炎，他心裡最大的陰影就是「中年失業」以及「被老闆裁員」，他始終，沒能跨過這道坎。

……………………

我爸成長時遇到的臺灣社會，正好是完美執行性別刻板印象的最佳模版，於是他不負期望的長成了一個經典大男人：不做家務、不帶小孩、不允許自己說的話被挑戰、家裡的經濟只能由他擔。

如果要講細節一點的話，是這樣的。他不上班的時間都是坐在電視機前，而且是一動也不動的那種，只有上廁所跟吃飯的時候，才會離開那張他專屬的沙發。

我出生後，換尿布、洗澡、餵奶、拍嗝、消毒奶瓶、洗口水巾、哄睡……他一律不做，唯一會做的就是在我不哭的時候抱著玩，哭的時候又馬上塞回給我媽，結果我人生說出口的第一個單字還是「爸」，他聽到時很開心也很得意，以爲當爸爸就是這麼簡單的事，以爲只要在我不哭不鬧心情好的時候陪我，就算盡到父親的責任。因爲他賺錢很辛苦，所以休息的時間，都得要是快樂的。

他吃飯的習慣是從不收碗也不洗碗，甚至吐出來的骨頭、擤完鼻涕的衛生紙也都髒亂的丟在餐桌上等媽媽來收。當有其他人一起的飯局，我跟我媽如果有他單方面覺得失言的地方，就會在桌子底下用腳踢我們，或是用瞪的（因爲我的腳還不夠長，他踢不到），示意我們不要再說下去，而我跟我媽只能笑著安靜。

那時因爲他有工作，在家的時間不長，所以他的這些舉動並不容易在生活中被放大。直到有一天，他突然不像之前一樣早早出門上班，而是把自己放在電視機前一整天。一天天過去，他的眼睛始終沒有離開電視機，甚至一次都沒飄向正在家裡到處打掃的我媽，而那時，我媽其實已經開始經營補習班，獨自一人彌補家裡的經濟缺口，同時繼續對我的教育，以及所有的家務。

我記得有那麼一小陣子，我們搬離了原本的家，住進了巷口的一間店面裡，那間店面本來是酒吧，對外是落地窗，那就是我媽的第一間教室。

每天早上，媽媽會帶著我在課桌椅間玩躲貓貓，然後趁我躲起來時，用卡式爐做簡易的早餐給我吃，而原本拚命躲起來的我，總會被那股油煙味熏出來。在記憶裡，那一直是好吃的味道，我那份荷包蛋的蛋黃一定是半熟的，因爲這樣才可以用最心愛的米奇叉子把蛋黃戳破，然後在盤子上，用濃稠的蛋黃作畫，再以米奇爲主角，一邊吃、一邊把畫裡的故事說給媽媽聽。

下午，只要鐵捲門升起、捲上落地窗簾，就表示媽媽的上課時間到了，我會乖乖走去隔間的吧檯下面，拿出前年聖誕節收到的一百顆印章組合還有喜洋洋彩色筆，在一張張過期的日曆紙上，想辦法畫出最繽紛的模樣。吧檯外是同樣正在創業的爸爸，不時傳來與客戶洽談公事的聲音，所以我必須保持絕對安靜，蓋印章時不能太用力，動作要慢、力道要輕，但最後的手勁要均勻的壓滿，這樣就可以獲得跟「啪」一聲蓋下去一樣的效果。而一百顆印章，就有一百種靜音版的蓋法，每天研究一顆，就是當時的我最大的快樂。

晚上，鐵捲門降下，再次將外頭的世界輾平成鐵灰色，那就表示媽媽下課，爸爸也下班了，他又再次屬於電視機，媽媽則回到卡式爐前，變出一道道好吃的菜，大家一起在課桌上用餐，頭頂上裸露的管線裡，不時出現窸窸窣窣的聲音，媽媽總說，那就是妳最喜歡的米奇呀！於是隔天早上，我用半熟蛋黃畫出迷宮、創作新故事，那是一個關於米奇在迷宮尋寶、而寶物其實就是迷宮外的小女孩的故事。

深夜，睡覺時間到了，我們會一起把所有課桌椅拼成大通鋪，一家人爬上桌擠著睡覺，等爸爸塞好耳塞、閉上眼後，就到了睡前說故事時間，不過是由我來說給媽媽聽。

「……然後消防員成功的完成救援任務，雖然他斷了一隻手，但卻換來珍妮展開新人生的機會。」我講到了一個段落。

「講完了？眞是個好故事，我們可以睡覺了嗎？」我媽的語氣聽起來也像被消防員救了。

「不行，剛剛那是A面，現在要翻B面了！」我準備繼續說故事，模仿著那臺沒有一起搬過來的錄音機，以及那些由錄音帶陪我睡覺的夜晚。

在媽媽體力不支睡著後，寧靜的夜裡，只剩下天花板管線黏著的幾張夜光星星貼紙陪我，我每天都會嘗試用不同的「一筆連法」把星星們串成不一樣的圖案，伸出棉被的手指舉在半空中，揮啊揮、揮啊揮、直到累得進入夢鄉，在夢裡，我跟米奇又一起出發探險，我總提醒自己要記下來，明天早上再編成故事，講給媽媽聽。

那時我完全不知道，家裡其實已經窮到底朝天，我媽的存摺裡一度只剩下三千塊。而那個很克難的店面環境，是在媽媽的各種隱瞞下，才變成擁有無限可能的遊樂場。裡面的破爛、老鼠、擁擠，全都變成讓我盡情揮灑創意的元素，媽媽儘管忙於謀生，卻也花了很多時間陪我完成這些故事，讓她對我施展的魔法成真。

即使是已經知道當年真相的現在，我依然想念在吧檯後面蓋印章、在課桌椅間和媽媽玩躲貓貓的時光，還有每天鐵捲門升起時，那些從落地窗外投射進來的好奇目光，曾經都讓我覺得，我們就像是住在電視機裡一樣新奇有趣。

不久後，我們又搬回了公寓，住進了上百扇鐵門中的其中一扇裡。

一個月後，我爸突然又離不開電視機了。

兩個月後，我爸變成兩週才回來一次。媽媽說，爸爸的朋友找他去彰化工作，所以會比較少回家。

三個月後，某一天晚上十點，我跟我媽從教室一起走回家，打開電燈時，我們都被客廳裡的爸爸嚇了一大跳。

他看起來已經坐在漆黑的客廳裡很久了，沒有開電視、沒有開電燈，就只是插著手坐在那裡，看著上了一整天課已經很累的我媽，冷冷的吐出一句：「老公回家了，家裡沒有飯菜香，還像個家嗎？」

我爸自從第一次失業之後，輾轉做過幾個不同工作，但事業上卻再無成就，可能是因為他從小就在父權環境下被養育成人，習慣性養成了大男人主義，太自然的把性別優越當成理所當然。而這些優越卻在遇到挫折時成了阻止他重新站起來的絆腳石，甚至扭曲成了一種堅持，一種不站起來的堅持，只因站起來的過程可能會「有損男性威嚴」，其中就包括「中年失業」這個標籤，他沒辦法容忍自己「比老婆還差勁」，所以忍不住在許多小事上對我媽處處壓制、各種刁難，也完全不屑做他認為「應該要由女人做」的家事，我猜可能也是想維護「男人的面子」吧。

直到有一天，我不小心發現了他的祕密。

那天是週末，我媽在教室上課，我跟我爸兩個人在家，我收到手機通知網路購買的商品已經到店，於是出門去拿，因爲一下下而已，所以也沒跟我爸說我要去哪、要去多久。結果拿完東西回到家，一打開門，眼前的景象直接讓我原地石化。

我看到我爸腰彎四十五度拿著吸塵器，站在客廳正中間，一副正在吸地的樣子。對，眞的是「正在吸地的樣子」，因爲吸塵器很安靜，沒有在運作，我爸也很安靜，沒有在運作，就好像有人按了暫停一樣。不對，應該不是好像，而是我爸眞的在我開門的瞬間將吸塵器關掉了，然後就陷入現在這樣進退兩難的局面。

我尷尬的關上門，脫下鞋子，打開鞋櫃，然後在鞋櫃門遮住我往客廳看過去的那個瞬間，一陣超凌亂的腳步聲混著機器碰撞聲，用完全無法忽視的音量響起。等我把鞋櫃門關上的時候，我爸已經坐在沙發上看電視，好像剛剛什麼都沒發生一樣。

如果我爸失業的那一年，他也能夠擁有一句「因為新冠肺炎的關係，我失業了、我被裁員了。」是不是就能像張爸爸一樣，很快的釋懷？是不是他給自己的壓力，就不會這麼大了？是不是他心裡的那些「以為別人會怎麼瞧不起他」的負面想法，就不會一直啃蝕他了？是不是就能拋下那些壓在身上的傳統性別樣貌，欣然迎接所有嶄新開始？是不是他就不用為了避開任何人的眼光，大方且沒有包袱的使用吸塵器了？

是不是在我心中的爸爸，就不會是那個一輩子待在電視機前的模樣？

雖然到現在，我們依舊無法完全擺脫性別刻板印象帶來的影響，但是因為新冠肺炎，似乎有很多枷鎖，自然而然的被解開了。

至少讓一部分失業的人，有了一個不怕被任何人質疑的正當理由。

四月 April

超級英雄商店

自從啓動口罩實名制，街頭巷尾的藥局天天都排成發放股東禮品的盛況，上班族排不贏自帶板凳的老人家，直到開放超商預購才覺得健康終於能被保障。已經很全能的便利超商店員披上了國家戰袍，簡直在發光，超商是否該正名為「超級英雄商店」才對？

May

五月

#月老的勝負欲

會有這趟四天三夜的臺南之旅，是因爲原本要去大阪的行程因爲疫情取消了。

而臺南大天后宮月老廟的行程，也是臨時安排的，因爲阿正之前就是在這間月老廟許願後，馬上就順利的跟我朋友結婚了。身爲一個成功的活體案例，他當然沒能忍住攻擊我們三個萬年單身女子的村莊。也許是秉持著實驗的精神、也許是眞的祝福我們能找到另外一半，總之最後，我們統統都站在了大天后宮門口前。

「妳們等一下跟月老講的時候，對象的條件要講得越詳細越好，這樣才比較容易找得到。」阿正傳授著自己的經驗。

「那間冬瓜茶是不是很有名？」我眼睛發亮的指向大天后宮門口的冬瓜茶攤位。

……………………

小時候，我對戀愛的認知僅限於王子跟公主在漂亮的城堡裡過著幸福快樂的日子。直到我媽去幫我算了紫微斗數，而且還把算命結果告訴我，於是我就在非本意想了解自己桃花的情況下，被告知是：「早婚的命，而且不是好的姻緣，如果最後選擇離婚，那之後再婚也會一直離婚。」

「什麼是早婚？」那時的我當然不知道早婚的意思，我只知道王子跟公主一定會幸福的生活在一起。

「意思就是，妳會在年紀很小的時候結婚，然後離婚，然後接下來就會一直結婚再離婚、結婚再離婚、結婚再離婚。」我媽用最白話的方式，準確的傳達給我。

大概就從那個時候起，「早婚不好」這四個字一直隱隱約約的哽在心間，跟著心跳一拍一拍的銘刻在心。導致我對戀愛一直很淡泊，直到二十四歲才交了第一個男朋友，他是辦公室的前輩，但一個月後就發現，自己只是想知道說出「我交男朋友了」是什麼感覺，對他並不是眞的那麼喜歡，加上對早婚的擔心，爲了活成不是算命先生口中的樣子，決定分手。

第二任也是辦公室的同事，年紀比我大一些，交往前就對我滿好，而且是好到讓其他同事願意發起助攻的那種，所以我們就順理成章的在一起了。但一個月後，沒錯，又是一個月後，那天，是二〇一七年世大運開幕式，也是我的休假日，難得臺灣有大型國際運動盛會，我早早就跟朋友一起搶到票，期待能見證歷史瞬間，結果見證到的完全不是什麼好瞬間，因爲來自各國的選手，統統被反年金改革團體擋在會場外，最後只剩下一面面國旗在繞場給全世界看。

這很明顯就是今晚的頭條現場。

雖然我在休假，但身爲應該算專業的新聞從業人員，下意識的就拍照傳回公司，並同步匯報現場狀況，讓值班的同事能搶先其他媒體出稿，爭取這個不太光彩、但一定會很熱門的流量，這件事對我來說，只是小小的舉手之勞，沒想到卻換來他的大大生氣。

開幕式結束後，他開車來接我，一上車，他的臉就是臭的。

「說好休假不工作的，妳心裡應該只能有我。」他冷冷的說出之前聊天時，我以爲他只是在撒嬌的話。然後，他就載著我在馬路上飆車，而且是不看雙黃線跟實心白線的那種飆車。

我永遠忘不了那一天，我的脊椎因爲超速緊貼著椅背，背上的衣物被冷汗浸濕一片，保護著我的安全帶是他繫上的，所以我一點安全感也沒有，反而覺得自己無處可逃。

「原來妳在工作跟我之間，還是選擇了工作。」他說。

這到底是什麼歪理？怎麼會有人把自己跟反年金改革團放在一起比？

車窗外的車燈逐漸變成一條條光劍，刺得我眼睛都是恐懼的眼淚。

「妳身爲我的女友，這樣眞的讓我很難堪。」他又說。

我明明看到了紅燈，但車子卻沒有停下來。

我還以為我夠了解他，結果今天我才明白，我不了解也不願了解的，才是眞正的他。

「妳如果有顧及我的感受，就不應該在我也在的公司群組裡出這個頭。」他繼續說。

右手邊車窗外，一整排遠光燈離我越來越近，揚起的喇叭聲直接淹沒了我的哭泣。

「我那麼努力的愛妳，妳為什麼不為我努力一點呢？」他手中的方向盤隨著激烈的情緒猛晃，我的頭撞上了右邊的車窗玻璃，原來他繫上的安全帶眞的沒那麼牢固啊，我想。

那天以後，我在有他的公司群組，發言變得謹慎。

那天以後，我明知怎麼做會讓成果更好，卻因為擔心蓋過他的風頭，在該出手時沉默了。

那天以後，我的每個考慮裡都參雜著他，帶著恐懼一起。

爲了不失去自己，我提出了分手，並請他將我的私人物品還給我，結果他非但不還，還以押著我的私人物品爲由，不只一次的找到我家人的工作地點，對我家人提出「要跟我復合」的請求。之後大概有半年的時間，我走在路上總會左顧右盼，我的家人也因此提心吊膽。

再過了一個半年，我離職後到了新公司，沒有告訴任何人，希望可以有個全新的開始。直到一次下班路上，我耳裡塞著耳機，散步著去搭公車。突然我的肩膀被誰拍了拍，我拿下耳機回頭，竟是那張我以爲自己已經忘記的、令人戰慄的臉。

他說，小姐，請問可以認識妳嗎？

我說，我要報警，你只要再出現一次，我就報警。

我轉頭衝進剛好轉綠燈的馬路，跳上一輛剛靠站不知道開往哪裡的公車，公車後頭一大堆的空位，我卻緊緊抱著司機旁邊的柱子，司機關心的問我還好嗎，我只是一直哭。

那天以後，又有半年的時間，我沒辦法戴著耳機、享受著音樂放鬆著下班，甚至走在路上，看到與他神似的身形，我都會直接繞道逃走。

……………

這兩段經歷應該就足夠說明，爲什麼我比較在意大天后宮門口的冬瓜茶，而不是裡面的月老廟。

「喔，那我們先去武廟斬桃花嘛！」阿正試圖改變策略。

「可是，我們沒有桃花可以斬啊。」我委屈的說。

女人過了三十歲，感情狀況掛單身，似乎特別容易讓其他人著急。雖然現在早就不是女人一定要結婚的時代，但生小孩的時限就擺在那裡，就算我們自己不在意，無奈愛管女人子宮的人，還是太多了。

很多人大概不懂，現在對很多女生來說，談戀愛、結婚、生小孩，這三件事其實不是一個「套餐」，而是可以「單點」。畢竟我自己有經濟能力，單點的自由度不但高，代價也不會太昂貴，爲什麼非要再找一個人吃全餐？

當然這邊講的單點，不是指結婚了但是同時找別人戀愛；談戀愛了但是同時去跟別人生小孩。而是，我談戀愛了，但不一定要結婚；我結婚了，但不一定要生小孩；或是我生小孩了，但不一定要結婚。除非選擇「單點」以後，覺得這個人很值得「追加點餐」，那再往下點就好。

「妳可以試試跟月老點餐，眞的，妳單點就好。」阿正眞誠的推薦，「人生如果有機會談個戀愛，也是一件很美好的事啊！」

「我們以前也有去其他月老廟，但都沒有用。」其中一個朋友抱怨。

「可能是我們那時候，眞的太想知道談戀愛是什麼感覺了。」我突然領悟了什麼。「因爲太想試試看了，怕條件太嚴苛，月老會找不到，所以下意識把條件訂很寬。」我回憶起前任的慘況，「是不是低估了月老的能力，所以才被懲罰了！」

「所以我才說條件要講得很詳細啊！」阿正趕緊幫腔。

「對！我們應該要把條件的難度調到超困難！要讓月老重新燃起工作的熱

情！」我莫名燃起了一股勝負欲，而且還想讓月老也燃起勝負欲。

「可是，怎樣才算詳細？」另一個單身朋友發問。

「那我先講我的好了，我想好了。」剛剛一個想贏的心情湧上來，靈感就來了，我捲起袖子，蓄勢待發。

「第一，他的身高要一八五公分以上，一九二公分以下，這是我脖子仰角的極限，再高我脖子會斷。」

「第二，他一定要是六都出身，但臺北市、新北市、桃園市除外，因為這三都離我現在的生活圈太近了，想離開舒適圈看看。」

「第三，他要有屬於自己的經濟能力，我不需要他養我，但我需要他是一個能把自己生活過好的人。」

「第四，除了要對自己的工作有想法，他一定要有自己的興趣。這邊講的興趣，是指能讓他真心享受的興趣，賭博或任何非法行為，不在我說的興趣範圍內。」

「第五，他一定要有自己的朋友圈，而且至少有一到三個是死黨等級，這樣他的生活就不會只繞著我轉，然後也表示他是値得信任的人，才會有可以互相依靠的朋友。」

「第六，我希望他是一個有同理心跟傾聽能力的人，因爲我就是，這樣才有機會達到雙向溝通都很順暢的效果。」

「第七，他要敢打蟑螂，因爲我會怕。」

「好，我說完了。」我拍了一下手當作告一段落，眼前是一張張瞠目結舌的臉。

「妳好像忘記講長相了。」阿正提醒。

「如果能夠七個條件都符合。」我說，「那臉就完全不是重點了吧！」

沒想到，才過了一天而已，這個人就出現了。

當然他的登場並不是像韓劇裡的男主角那樣，可以獲得一個大背光打在身後，隨便拎個蔥走在路上，都帥到像在走伸展臺一樣。

他是扛著燈出現的那個。

那天晚上，阿正約我們去他家烤肉，現場還有他的家人跟他國中朋友，經過生疏的介紹環節，大家就各自成團聊天吃肉。半小時後，一輛黑色的車開進巷子，一個看起來很長的身影從駕駛座走下來，從後車廂拔出一盞超大攝影棚燈，流暢的扛上肩，然後像個屁孩一樣歪七扭八的走進來，一邊跟阿正他們打著中二的招呼，一邊在烤肉架前把燈架好，接著拿出顏色很奇怪的玻璃紙在燈光前換來換去，整條巷子被他玩到像夜店一樣。

其實前天我們去買啤酒的時候，阿正就有提到過這個人，說他前陣子失戀，而且是很不愉快的那種失戀，難過到足不出戶，這次烤肉，可以說是好不容易才把他揪出來的。

「我們要讓他知道，這個世界很大。」阿正說。

我們那天買的啤酒是調味啤酒，名字也很有創意，像是巧克力口味的啤酒，名字就叫「愛情的滋味」，但這個口味我們只有買一瓶。阿正竟然就把這一瓶拿給了他，拿給了因爲失戀，差點就走不出來的戴先生。

這豈不就是要出事的節奏？

「你拿這瓶給他幹嘛？明明買了很多其他的。」我用力咬著牙齒才能笑著問話。

「失戀就是要喝這個才會好。」阿正篤定的說。

「可是巧克力口味很難喝吧。」我想起那天在店裡試喝後，每個人都做出了鬼臉。

「不會啦。」這是我第一次聽見戴先生的聲音，「還滿好喝的。」

然後我們的對話就結束了。

兩個小時後，外面只剩幾個人在烤肉，其他人都進客廳玩電動，原本喧鬧的外場只剩下翻肉的聲音，我因爲有工作進來，只好坐在外面的椅子上對著手機忙碌。

不知道什麼時候，戴先生已經坐在我的左手邊，中間隔著一張椅子，那是一個「我知道他在旁邊，但不搭話也不會不禮貌」的安全距離。

「阿正說，妳是記者對嗎？」結果戴先生向我搭話了。

「喔，對啊。」我慌張的抬頭，熟練的擠出社會用微笑，「那你是做什麼的呢？」

那一天，我們從彼此的職業聊到新冠肺炎，再聊到兩性平權、兩岸關係、轉型正義，甚至是動保、環保……當然我們不是多專業的人，但就算不是專業的領域，竟然還能如此自在的分享自己的看法，一來一往的輪流傾聽、眞誠回應，我原本的社會用微笑，也逐漸瓦解成眞心的笑，感覺好像可以永遠聊下去。

而我們的確一直聊下去了，到現在都還是。

隨著交往時間拉長，他慢慢治癒了我對很多事情的恐懼，其中就包含我對搭車的恐懼。

大概是因爲我爸有路怒症的關係，每次搭他的車，我的手心裡一定都是指甲印，這樣的緊張在多年後逐漸被扭曲成自責心理。總覺得如果駕駛不開心，一定是跟同樣坐在車上的我有關，諸如此類的自責系小劇場，引導著我走上稱職的副駕之路。

在我心中，稱職的副駕是這樣的：第一，當發現路上出現有可能惹駕駛生氣的狀況時，我一定會「比駕駛更生氣」，用各種試圖搖窗對幹的飆罵，以及作勢要伸長中指但其實是無名指的傾情演出，成功阻止駕駛85%的路怒症發作。

第二，爲了不讓駕駛覺得自己像司機，我除了會狂掐大腿堅持不睡，還會一路陪聊看路、幫設定Google Map等，然後非必要絕不拿手機出來滑，駕駛看著前方多久，我就不看手機多久。但有一次，我用這樣的模式跟攝影大哥出班時，這個與他同步率近乎百分百的行爲，好像很讓他困惑，記得那時他問我，別的記者在車上都滑手機，我怎麼不滑，我還一臉認真的回他：「不想讓你覺得自己是司機。」結果攝影大哥一路笑到採訪現場都停不下來，最後一直求我滑手機，甚至還推薦我手機遊戲。

但我心裡還是有個打不開的結，偏執到覺得要是睡著了，讓駕駛一個人面對疲憊，萬一累到發生車禍的話，自己也有錯。

但跟他交往以後，我竟然在副駕駛座上睡著了。

其實第一次搭他的車之前，我就有稍微透露過，自己在副駕駛座時會比較「神經敏感」，他只是笑笑的說沒關係，我還以爲他眞的沒關係。

有次，當一輛重機硬要在轉彎處跨越雙黃線、一邊按喇叭一邊挑釁似的超我們車時，原本文文靜靜坐在副駕駛座的我，就像打開了塵封已久的開關，把矜持什麼的都忘了，直接進入暴走模式，忘情的展現搖窗對幹飆罵跟中指獨自伸長的演技。

結果戴先生在這個車裡車外都很嚇人的瞬間，竟然能持續維持均速，沒有按喇叭，也沒有試圖出動車頭去索吻人家車尾，更沒有出聲罵人，只是用擔心（也可能是心有餘悸）的語氣自言自語：「好危險，如果對向有車他就會被撞飛了。」然後還在直行路上減速、開車窗伸手，示意後方那位明顯跟車跟丟的重機騎士，超我們的車去團聚。

之後又經歷了無數次被超車、被逼車、被閃大燈、被狂叭、被搶車位以後，我慢慢發現，他根本就是一個不會生氣的人，於是我的「比駕駛更生氣」的演出就這樣灰飛煙滅，一來也是因爲他開始無限期鎖我的車窗，我只好改把心思貫徹在「不睡覺」跟「不滑手機」上。沒想到的是，他是一個知道很多美食，但每次都憑記憶在猜人家公休日跟營業時間的人。就這樣，在他「以爲有開門」的各種撲空以後，我終於放棄不滑手機這件事，認命的開始確認那些店有沒有開門，他也得寸進尺的開始問我，那家評價如何啊、看一下附近還有哪些競爭對手啊、看一下店家附近有沒有手搖飲啊、照片好不好看呀、搞得我越查越入迷，手機滑到脖紋都長出來。

不過，就算開到店門口時才發現撲空，他也從來不急不氣，只是用很平常的語氣說，我還知道另一家，我們去看看。

「你不會覺得是我的錯嗎？因爲我都沒有再確認。」我自責的說。

「他沒開門跟妳有什麼關係？」他驚訝的問。

「我不是個稱職的副駕！」我難過喊。

「妳不是副駕啊，妳是我女友。」他理所當然的說：「然後妳真的可以在車上睡覺喔！」

就這樣，在「妳眞的可以在車上睡覺」這句話被他講了好幾次之後，終於像咒語一樣埋進我的精神意識裡，於是，我在他興奮抄私房小路開進臺南漁光島海灘時，睡著了。

而且是聊天聊著聊著，毫無徵兆的突然張開嘴深度斷電的那種。更好笑的是我驚醒後還試圖繼續聊天，宛如剛剛完全沒睡著，但聊的都是自己剛剛做的夢，害他每次都接不上話，然後我還厚顏無恥的說：「你都不聽我講話！」他也只是一邊笑，一邊順著繼續聊。

那天以後，我這種突發性的張嘴斷電頻率，變得越來越頻繁，這不是生病，而是緊繃太久的情緒終於鬆了。

初期，我每次醒來都會忍不住跟他道歉，覺得自己很失職，但他只是說：「妳能在我車上睡著，表示很有安全感。我覺得很幸福。」

這下好了，就因爲他覺得幸福，我的精神意識終於完全鬆弛。某次他騎摩托車載我去買鍋燒意麵時，我人雖然坐在後座還隔著全罩安全帽，依然不改舊習、積極且大聲的要跟他聊天，聊著聊著，就在他騎到某座橋上的時候，我再次無預警的斷電了，而且斷得很徹底，因爲我原本抓著他的手瞬間豪邁的鬆開，整個人還很囂張的張開嘴往後搖擺，嚇得他連忙減速靠邊減速騎，沿路都在想辦法把我的手抓緊。

不知過了多久，我醒來了，發現旁邊的行人走路都比我們快，還以爲他停車了，但又發現我們的速度比停車格裡的車子快。

「我剛剛又睡著了？」我不好意思的問。

「對。」我手上的他的手突然緊了一點，「怕妳掉下去，所以我騎很慢。」

「噢！」我瞬間懊惱，「對不起，我眞的不是故意的，下次直接叫醒我。」

「沒關係，妳可以睡。」他說，「是我要想辦法讓妳可以安心的睡。」

漸漸的，我終於意識到，這個一百八十七公分的臺南人，好像眞的是月老的功勞，因爲他完美吻合七個條件，當然新冠肺炎也算助攻，不然如果我人在日本，這一切都不會發生了。

就在我興奮的跟戴先生公布他就是堂堂大天后宮月老的驕傲時，他非但沒有一起興奮，還開始坐立難安。

原來，早在我去臺南參加阿正家的烤肉之前，他就已經看過我了，是阿正傳給他的照片，他說他看著我的照片，跟阿正說了「好」。

原來，那一天除了我以外，現場都是知情人，而且每個人都在瘋狂暗示戴先生出手，包括那一瓶「愛情的滋味」，戴先生說，那其實是阿正給他的行動暗號，結果沒想到我會走過去罵人，嚇得他不敢跟我講話。

原來，他那天是刻意隔著一張椅子坐下的，因爲他已經看過了我的書，明白我曾經被性騷擾的遭遇，他不想要讓我有任何不舒服的感覺。

他說，他從來沒有遇到一個女生願意聽他講工作的事、願意跟他聊對社會議題的看法。於是等我回臺北以後，他就按照我的粉絲團上曾經推薦過的書單，到書店去一本本購入。看到我寫的影評，他就馬上把片子找回去看。而他做的這些努力，都是交往以後我才在他房間的書櫃上不小心發現的。

我問他，幹嘛不在曖昧的時候就想辦法讓我知道，他有獨自偷偷做這些努力，要是我最後拒絕你，不會覺得浪費錢又浪費時間？

「不會浪費啊。」他說。

「我是因爲遇到了妳才知道，喜歡上一個人，本來就該全力以赴。」

五月 May

報稅期間首次延長為兩個月

每年都慣性拖到月底才報稅的我，總會遇到一批同樣愛拖的隊友，擠在狹小空間裡共嘗壓線後果。今年五月底走進國稅局卻是一片冷清，才想起報稅期延長。見不到往年的壓線隊友有點感慨，也希望他們只是拖延症又犯了，而不是被疫情衝擊……

六月

June

#防疫新生活

平日的通勤時間，我戴著口罩，口罩裡化著以防萬一的淡妝，拎著一直很難融入穿搭的筆電包，在一天的初始，以疲憊的樣態呆站電梯間，等著從29樓一路往下，展開新的一天。

門開了，我走進空無一人的電梯，發現電梯按鍵面板上的3M透明防護膜已經換成新的了。記得昨晚加班到晚上十二點回家時，那張被戳了一整天的防護膜，在幾個公設樓層按鍵前已經破破爛爛，我低頭看了下手錶，現在才早上六點多，竟然就換成新的了，而且還是對齊著按鍵面板邊的線俐落貼好。大概是連續早出晚歸加班的關係，比較容易發現這些我們以爲理所當然的日常，都是因爲有人在維持。雖然不知是誰換的，還是在內心感謝了負責人的勤勞。

電梯門關了，我差點又用鑰匙去按樓層，自從新冠肺炎以來牆上貼的「請勿使用尖銳物品按電梯」告示明明已經開始褪色了。我趕緊將鑰匙藏進手掌心，改用食指關節按下GF大廳樓層，再按下關門。

28樓，門開了。

背著高爾夫球包的伯伯，充滿朝氣的上了電梯，臉頰上都是被笑容推起的老人斑，凸起來的粉瘤也被彎成一顆紅豆，齒列中的金色門牙也隨著他開口閃耀。

「早安！」伯伯一如往常的看著我打招呼，用鑰匙戳了一下B3，再戳一下「關」，剛剛看起來還是4K高畫質清晰度的防護膜，現在已經被戳成720P。出於禮貌，我急忙報予一個清楚的點頭，以及表示有在笑的眯眼。

27樓，門開了。

一對日本夫妻站在電梯門外聊著天，見到電梯裡有人，急忙收起剛剛輕鬆的語氣，一邊點頭一邊走入，顏色漂亮的布口罩裡隱約傳出「おはようございます（早安）」，變得稍微擁擠的電梯中，日本先生的公事包不小心擦過伯伯的高爾夫球包，夫妻倆分別抬起一隻手向伯伯示意道歉。

「大丈夫！（沒關係！）」伯伯開朗的回了他們，順便再用鑰匙幫日本夫妻戳了一下B5，再戳一下「關」。

18樓，門開了。

抱著小兒子的張爸爸，疲憊的站在電梯門口，肩膀上一邊是小孩的托兒所書包、一邊是自己的公事包，原本瘦小的身形因此顯得巨大了起來，電梯裡的我們急忙貼緊牆壁，張爸爸一邊道歉一邊走進電梯，身後兩個女兒也跟著走入，一個穿著私立女高的制服、一個穿著附近學區公立國中的體育服，臉上都戴著拉拉熊圖案的醫用口罩，手上拎著同款便當袋。姐姐伸手按了B2，然後把手指原封不動的伸去妹妹眼前，妹妹拿起一直握在手裡的分裝瓶，噴了一下姐姐的手指，電梯裡瀰漫了一秒酒精的味道。

「哎呦！這個也是你兒子嗎？」伯伯興奮的逗弄小男孩，小男孩害羞的縮進爸爸的脖子裡。

「對呀，欸！頭抬起來，不可以這麼沒禮貌。」張爸爸先是笑笑的回應伯伯的問題，然後極速收起笑容，叫懷裡的兒子和大家打招呼。

「快點，說早安！」因爲伯伯的一句話，張爸爸就像找到了舞臺，不懈的搖晃手上的小兒子，想完成觀衆期待的表演：「快點說伯伯早安、姐姐早安、叔叔早安、阿姨早安⋯⋯」

他的兩個女兒安靜的站在身後，把青春期的想法都藏在了拉拉熊口罩裡，眼神看不出一絲情緒，姐姐手上，還拿著爸爸跟弟弟的口罩。

16樓，門開了。

管委會幹部阿姨燙著一頭新捲髮，穿著一身華麗的紫色花洋裝，腳上踩著繡花圖案的低跟鞋，高彩度的穿搭及宏亮的嗓音，驚動了有氣無力的通勤電梯。

「哎呦！人眞多，我還上得去嗎？」其實這部電梯是可以容納14人的，這樣的規格就貼在電梯按鍵面板上方，但其實也不用看規格，目測就知道完全有空間可以讓她上電梯，但既然聽到她這樣問，大家還是意思意思動了一下腳步，齊心做出一個讓出空間的動作。

「哎呀哎呀，謝謝謝謝，可以可以……」阿姨滿意的享受著她用一句話就可以興師動眾的結果，踏進本來就走得進來的電梯。

然後她把臉上的紅色口罩拉到下巴，嘴巴上已經塗好的脣膏鮮紅油亮，我不禁開始想像她的口罩內層是不是也被脣膏沾染得一樣紅通。

「欸你們知道嗎？」

「我們這棟，最近超多從美國、英國回來隔離的。」

「這邊有沒有29樓的？29樓有一戶一直被拿來隔離！」

……………

29樓的確有人在隔離，我知道，就是我們家對面那一戶。

回想那戶第一次有人隔離時，我們並不知道，只是覺得他們家門口怎麼多了一個置物架。幾天後我們採買完回家，看見對面那戶的一個女孩，跟我們家隔壁那戶的一對夫妻，打開門，戴著口罩，隔空在聊天。

我們原本不疑有他，只想打個招呼就進家門，誰知隔壁戶的夫妻竟熱情的向我們介紹起來。

「對面那是我女兒啦！剛從美國回來。」

「但她有乖乖隔離喔！她再四天就解除隔離了！」

「怕她隔離得悶，所以我們這樣聊天……」

「門口那個架子就是我們送食物用的。」

看著夫妻倆雖然戴著口罩但明顯笑盈盈的模樣，我感覺有什麼東西在自己的口罩裡面斷掉了。

「隔離是居家隔離，」我火還沒發完，就被迅速推進家門。「是居家隔離！不是居整個公共空間隔離……」

其實，鄰居中有人正在居家隔離，並不是一件要感到恐懼的事。雖然在社區裡難免聽說有些隔離戶被排擠，被說爲什麼不去住防疫旅館硬要進社區。每聽到一次這樣的言論，我就會在心裡翻一次白眼，的確，新冠肺炎是一種災難，但人與人之間如果無法產生同理心、積極建立信任關係，最後的滅亡也不會是因爲疫病，而是人類的咎由自取，至少在今天之前，我是這麼相信的。

沒想到竟然就在剛剛，在我家對面，就有這麼一個不把防疫規定放眼裡的活例子，讓我一秒明白，有些隔離戶天生就是欠排擠。

「我要通報，通報他們違反隔離規定。」我對著自家大門大聲的說，大聲到確定可以穿透門板的隔音。

「不要啦！都是鄰居，提醒一下就好，不然以後怎麼相處。」我爸用比我更確定能穿過隔音的聲音阻止我。「至少他們都有戴口罩啊。」

至少他們都有戴口罩？

人情跟面子是很神奇的東西，它們總能用很自信的姿態，站在超越所有常理跟法律的位子傲視群規，就算最後被拉下來，也會有人急著去接住再捧起來拍拍呼呼：「人家也只是好意，不要爲了一件小事傷了和氣，好好講就好，不要那麼冷血，不要那麼不體諒人。」就算心裡知道那是不對的，但「心裡的心裡」卻已經幫對方找好臺階跟理由，尤其對那些萍水相逢甚至一面之緣的人，準備好的體諒跟理解，竟然總是會比面對自己的家人時更多。

然而在這些虛禮前，被糟蹋掉的，是維持住你我正常生活的防疫意識，好像我們一直以來的小心翼翼，在剛好住隔壁的誰面前，都變成了吹毛求疵。

之後又過了一個月，我結束工作返家時，一樓的管理員站起身向我招手。

「王小姐，你們家對面那戶今早又開始隔離囉。」

「好像是你們隔壁家的姪子從英國回來，借他隔離這樣。」

我點頭謝謝他的提醒，搭上電梯到29樓，電梯門開了，映入眼簾的，又是那個專門放外送的架子，讓人不敢相信的是，那一戶的門竟然又開了。

而且一堆長輩正在從裡面走出來。

「哎呦電梯來了！大家快點！」

喊聲的正是住我們隔壁的鄰居，在他的號召下，一眾長輩正用他們那個年紀能表現出的最快速度，非常緩慢的從隔離戶魚貫而出，然後在電梯門口，遇見一動也不動的我。

「呃，妳好！剛下班回家呀？辛苦了！」鄰居伯伯尷尬的打招呼。

「那一戶不是在隔離嗎？」我說，「你們爲什麼可以進去又跑出來？」

「喔，妳知道啦？」鄰居伯伯不安的搓著手。

「我們只是幫他安頓，不會再進去。」

「沒事啦，眞的沒事，都有消毒啦……」

長輩們大概是見苗頭不對，趕緊從看起來特別華貴的衣服裡掏出口罩戴上，手上拎著各種精品包，不客氣的從我身邊擠過。

電梯門在我身後關上，剛剛的喧鬧就這樣被帶走了，安靜的梯間裡，留下的卻是未知的恐懼。我再次看向那一戶已經深鎖的大門，又一次感受到，努力被笑著踐踏的感覺。

我明明已經一直在洗手，洗手時還會在心裡唱兩次生日快樂歌，酒精也隨身攜帶到處噴，噴手上、衣服上、鞋底、餐具、座位、所有手會碰到的地方，口罩也是完整罩住口鼻戴好以後，手就不再摸口罩表面，吃飯時不將口罩拉到下巴，而是摘下妥善暫存在口罩夾中，每天晚上還會仔細消毒口罩夾，方便明天收納新的口罩進去。

新冠肺炎一疫，全世界的衛生習慣都被迫提升好幾個層級，我們曾經覺得面對面聊天沒什麼，現在卻擔心距離太近。

我們曾經吃桌菜都直接伸筷子夾，現在卻是沒有公筷母匙不行。

我們曾經覺得愛情劇裡，男女主角就是要牽手抱抱加親親，現在卻聽說日本劇組因爲疫情，紛紛決定刪掉會產生「濃厚接觸」的戲。

我們曾經會以有無窗戶、地理位置、CP值高不高等條件，選擇旅行中下榻的飯店，現在卻最擔心飯店有沒有使用中央空調。

我們曾經覺得臺灣是外食天堂，今天想吃哪家就買哪家，現在卻會因爲老闆沒有戴口罩，找錢後沒有消毒雙手而打退堂鼓。

我們曾經覺得朋友之間見面沒什麼，現在卻會多問一句：「最近有沒有跟太多人接觸？」

我們曾經覺得火鍋店的自助醬料檯才是火鍋的靈魂，現在卻習慣先戴上口罩再去盛，甚至乾脆不沾醬了，因爲不確定是不是所有人，都會像我們一樣戴著口罩去使用。

大部分人在疫情的籠罩下，已經漸漸的將多一層防護的習慣揉和進生活之中，但還是有人，口罩依舊堅持著不戴好，甚至連居家隔離也做不好，而大部分的人卻只能眼睜睜的看著這些風險發生，祈禱著那個「萬一」不要發生在自己身上。

……………

結束這段對居家隔離的不好回憶，我回過神，人還擠在電梯裡。

電梯降到15樓，門開了，門外的高中生看見電梯裡人多，揮揮手不搭了。

13樓，門開了，媽媽拉住正要往電梯裡衝的小女兒，說服她和電梯裡的叔叔阿姨說掰掰。

「人太多了，我們搭下一班。」

12樓、11樓、10樓、9樓、8樓、7樓、6樓、5樓、4樓、3樓，通勤時間的電梯原本就很漫長，疫情，卻讓這樣的時間變得更加難忍。面板上的樓層簡直像被播放兩倍慢速一樣，空氣似乎也在逐漸凝固，混合著高爾夫伯伯沒戴口罩的飛沫、拿下口罩尬聊的管委會阿姨的飛沫，趴在爸爸肩上小孩咳嗽的飛沫、他姐試圖幫他戴口罩，小孩卻開始哭，同樣沒戴口罩的爸爸呵斥姐姐「不要弄弟弟」的飛沫，而日本夫妻戴著「沒有防堵新冠肺炎病毒作用」的布口罩靜靜立在其中，飛沫不起眼的濕正在往裡浸透。

1樓到了，我獨自走出電梯，拿出酒精開始噴自己，電梯門在身後關上，繼續往地下停車場降去。

好不容易到了捷運站，許多人這才拿出口罩，趕在踏進「捷運站內禁止飲食」的黃線前戴上臉，我隨著人潮擠進站，再擠上捷運。車廂裡，幾乎每個人的臉都因爲捷運嚴格的防疫規定被口罩遮得嚴嚴實實，只有少數幾個把鼻子露出來、少數幾個用手摸口罩，撓臉上的癢。

只有一個阿嬤把口罩拉到下巴，整張臉露出來，在跟身旁的阿公講話。

「阿嬤！妳口罩要戴好！」一個西裝男鬆了鬆領帶，不耐的對阿嬤大聲提醒。

「幹！你管你自己就好！」阿公轉過頭去，對著西裝男破口大罵。

不想惹事的阿嬤急忙用手抓著口罩表層，把口罩稍微往上拉。

「歹勢歹勢，你不要生氣。」阿嬤先轉過頭去對西裝男道歉，再把頭轉回去，用手輕拍著阿公肩膀拜託著。

「阿嬤，不是啊！妳口罩要遮住口鼻才算戴好。」西裝男不甘示弱，怒視阿公繼續提醒，「可以不要拿大家的健康開玩笑嗎？」

「幹你娘機掰，你他媽敢管我老婆？」阿公用一連串國罵宣布自己暴走，還舉手作勢自己現在想要打人，阿嬤只好抱住這樣的阿公拚命阻攔。

「我老婆就不能呼吸啦，你想怎樣？幹你娘操雞掰。」阿公繼續往西裝男進行國罵輸出。

「阿公你繼續罵啊，我告你公然侮辱，還要按鈴檢舉你們不戴好口罩。」西裝男不爽的開始朝我移動，直到走到我面前，我才發現自己擋住服務鈴了，趕緊讓出位子。

「先生拜託不要啦！我戴好了，我保證以後都會戴好。」阿嬤放下阿公，衝過來拉住西裝男。

「你也不要這麼生氣，是我沒做好。」阿嬤手拉著西裝男，回頭再次拜託阿公不要生氣。

「阿嬤，現在這個時候，可以不要隨便觸碰別人嗎？」西裝男輕輕的掙脫阿嬤的手。

「幹！你還碰我老婆？」阿公往西裝男的方向飛撲過去，嚇得西裝男往後一縮，但阿公最後並沒有碰到西裝男半分，只是把阿嬤拉回了身邊。

「沒有防疫意識就不要隨便出門好不好。」西裝男最後沒有按鈴，但沒有忍住嘟囔。

下一站到了，阿公把阿嬤給拖下車。

「幹，管好自己就好了，管別人那麼多……」門關上前，阿公也沒忍住自己的嘟囔，把國罵的餘韻留在了車廂，整個車廂裡，不少人都在偷看西裝男，一時之間，我分辨不出車廂上的氛圍，是覺得西裝男管太多、還是同意阿公阿嬤的行爲的確影響全車健康比較多。

車上，依舊有少數人堅持把鼻子露出來、少數人用手摸口罩、繼續撓臉上的癢。

臺灣這一年多來，有好多好多的人，守在國門、醫院等各個高風險環境中，一心只爲防堵疫情蔓延，但走出步步爲營的防疫戰場，他們才發現，自己的犧牲換來的不只是歲月靜好，還有許多因此認爲歌舞昇平很安全的人們，用各種不經意反噬他們用力守護的安全家園，甚至還有人利用大家對疫情戒慎小心的態度，宣稱自己與隔離者有接觸，或是修圖假裝高燒，申請自主管理在家上班，嚇得跟他們有過接觸的每個人，都擔心自己會在無意間成爲傳播者。而那些沒說實話的人，卻還在到處趴趴走，逛街、聚會、吃美食，PO社群打卡炫耀。

沒人想生病。但卻有太多人，覺得自己不可能生病。

「是政府的錯。」

「是醫護人員的錯。」

「是海歸的錯。」

面對質疑時，卻只是用三言兩語撥開自己的輕率，把問題推給眞正在水深火熱的那群人。明明就沒人應該爲你們的輕率心態承擔可能被感染的風險、背負可能因爲擴散疫情的負罪感、焦慮自己是否也該自主管理、憂心是否該對身邊的人坦承：「因爲遇到沒有防疫觀念的人，所以擔心自己中獎。」

已經因爲疫情很壓抑的心情，只是變得更壓抑了。

明明已經很小心的在生活了，然而眞正殺得我們措手不及的，爲什麼，總是那些身邊的人？

六月 June

臺灣首次通過直轄市市長罷免案

如題，你們都知道是誰創造了歷史！（我是說高雄人。）

July

七月

#口罩貨幣

「我用一片橘色，跟你換一片客家花布好不好？」

自從口罩國家隊把日產能衝破臺灣總人口數時，花樣也跟著變多的口罩，將一張張被遮住的臉裝飾成類似城市的行動藝術，繽紛的到處移動，成功沖淡了被新冠肺炎催出的肅殺氣氛，漸漸的，甚至還開始挑剔起了顏色。

七月時的藥局，已經沒有排隊購買口罩的人潮了，因爲政府已經開放全臺販售醫療口罩，不再只有藥局跟衛生所買得到，但每天回家前，我還是會習慣性的晃去藥局門口看看。

那種感覺有點像是小時候的雜貨店，每天放學後，把零用錢捏在手心裡，用比賽誰跑得快的方式、蠻橫粗魯的衝到雜貨店門口，然後再用比珠寶鑑定師還要細緻的動作，在玻璃罐裡挑選五元的彩色彈珠，還有十元的綜合糖果。

直到便利商店一間一間進駐小學商圈，沒在省電的超涼冷氣、琳琅滿目的進口糖果、聰明的人才懂裝滿的思樂冰，都讓我們流連忘返，不知不覺中，雜貨店對我們這群小朋友來說，已經變成「小時候的回憶」。雖然每天放學衝去便利商店的途中，腳步還是會習慣性的在雜貨店前放慢、眼睛還是會在那罐彩色彈珠前停留，像個大人一樣確認「想當年」的情感還在，然後再堅定衝向便利商店的思樂冰。

所以當我想念那個「開獎」的感覺時，手裡就會抓著健保卡，專程走到藥局購買實名制口罩。藥劑師可能被問怕了，只要是還在賣實名制口罩的藥局，門口一定會貼滿手寫的公告，像是「本週的成人口罩為：藍色」，而且是在門的上緣貼一張、中間貼一張、下緣又貼一張的這種密集度，想把問號留在藥局外的意志非常堅定。如果走進店裡表明要買實名制口罩，藥劑師又會把樣本口罩拿出來，再次確認我們知不知道這週是藍色。

「知道，外面有寫。」我說。

「所以藍色是OK的嗎？」藥劑師再確認了一次。

「OK啊，當然OK！」難道有人會在這個階段拒買嗎？

「好的，因爲有些人知道是這種藍色就不要了，所以我才要確認一下。」藥劑師像是聽見我的OS，精準回答了我的疑問。

這些明顯是被嚇出來的SOP，自然是保障了藥局的權益，但對我來說，卻少了一份開獎的驚喜感，那個驚喜明明在幾個月之前，還曾經是全臺灣人的雙重確幸：買得到口罩是第一重確幸、打開信封後發現是特殊的顏色，就是「確幸上加確幸」，結果這個雙喜臨門的感覺到處都買得到了，而且一次就是一大盒。

而這一盒又一盒的口罩，逐漸變成了一種「貨幣」，大家會拿自己的花樣去跟其他人換新的花樣，就這樣一直交換下去，當初買的一盒同款花色口罩，就可以變成十幾種款式，每天都能享受口罩穿搭的樂趣。還有人專門搜集特殊口罩，不是自己戴，而是拿去「賄賂」公司的行政人員，讓公文能盡快疏通。也有人拿來當作道歉禮，消氣的效果據說滿好的。

甚至有些罕見的口罩暴發戶，竟然動起了「口罩換取勞力」的歪腦筋。

「老王，妳要不要賺外快？」阿傑神祕兮兮的跑到我旁邊。

「你先說是什麼外快，我再告訴你。」爲什麼會有人覺得沒有主詞的問句，是可以獲得解答的？

「妳用我的名字幫我寫一篇稿，我就給妳十片口罩。」阿傑把手藏到我的桌子底下，在陰影裡將十片哆拉A夢口罩展開成一個扇形。

「好可愛！」雖然很荒唐，但是看見珍品，發出驚呼是基本的禮儀。

「怎麼樣？想要嗎？想要嗎？」阿傑見到我的反應以爲成了，連忙追問。

「不想。」我婉拒。

「爲什麼？還是妳要二十片？妳可以跟我談價碼，我絕對比公司還要珍惜人才。」阿傑這邊的薪水眞好談。

「因爲你的手摸過口罩了啦！太不衛生了。」我依依不捨的說。雖然哆拉A夢的口罩很可愛，但是如果可以活久一點，我可以看到更多可愛。

隨著部門同事們的口罩越來越華麗，阿傑也越來越少出現，副總察覺了辦公室的繽紛，忍不住來問我們是在哪裡買的口罩。

「副總，不用買，我們送妳就好了！」同事趕緊從抽屜掏出三片美樂蒂的口罩，其他同事也跟進，紛紛將之前跟阿傑在桌子下面交易的口罩上繳，當作在爲自己的前途上貢。

「哇，好可愛喔！」副總心花怒放的滿載而歸。

隨著副總臉上的口罩越漂亮，我們部門的名聲就越響亮，其他部門的長官都紛紛來參觀我們辦公室的口罩收藏，而副總爲了維持人際關係，也開始不斷跟同事們索取新口罩。

「我等等要去跟老闆開會，祕書喜歡特殊的口罩，你們如果有新的可以趕快給我一兩片嗎？我晚點付錢。」副總說。

「不用不用，我們直接給妳就好。」同事大概是想起了所剩不多的良心，斷了趁機斂財的念頭，畢竟口罩都是阿傑給的，沒人眞的花錢買。

「你的口罩不是快沒了嗎？」我剛剛瞥到同事的抽屜，隱約是空的。

「對，所以我要趕快出完我的稿子，然後幫阿傑多寫幾篇……」同事的眼睛裡已經有了加班留下的血絲，他爲了寫兩人份的稿子賺口罩，已經很少準時下班了。

「欸，等等，你先說你要寫幾篇，不能都給你賺去啊！」

「哪有人這樣的，那我要先寫阿傑的稿子，先搶先贏。」

「哪有先搶先贏的，那我剛剛先說我要寫我是不是贏……」

其他同事開始內鬨，他們都需要寫阿傑的稿來維持稀有口罩的供需平衡。

當阿傑的ＩＧ連續發了三天高雄有薪假之旅後，副總突然暴跳如雷的衝了過來。

「阿傑呢？你們家阿傑人呢？」副總被氣紅的眼睛在我們之間來回掃描。

同事們你看看我，我看看你，終於在眼神交會的時候達成了一個共識。

「他今天出去採訪了。」同事決定打掩護。

「採訪？你說說他是去哪裡採訪？蛤？他這幾天都是去採了什麼訪！」副

總顯然已察覺到哪裡不對勁。

「阿傑的稿子有什麼問題嗎？」身為樸素的口罩人，我現在反而是最有資格說話的人。

「問題可大了。」副總冷笑。

「你們最好叫他立刻滾回來，好好跟我解釋為什麼他稿子都不自己寫，全部抄別家的，甚至錯字也抄！只有名字是自己的！是不是很怕別人沒發現他幹的好事？」副總氣炸，把顯然是法務印出來的證據丟成一個天女散花。

「更誇張的是，他的出稿量竟然給我超過平均值，人家複製貼上是低調，他是大量製造！你們說他是不是很想坐牢？蛤？是不是？」副總越講越氣，甚至開始痛踩已經飄落地上的阿傑的稿子。

「名字也不是他自己寫的。」同事一邊嘟囔著，眼角流出了害怕的眼淚。

「什麼？」副總沒有聽懂。

「我說名字也不是他寫的。」同事開始哇哇大哭，「他這個禮拜的稿子，都是我們幫他出的嗚嗚嗚嗚……」

「你們，幫他出？」副總的聲音已經是從牙縫擠出來的了。

「他說幫他出稿就會送我們口罩，口罩不夠用了，我們只好用抄的去換……」

「口罩不夠用？爲什麼不夠用？」副總越來越困惑。

這下所有的人都沒忍住，直接把眼神放到副總臉上的美樂蒂口罩集合。

下一秒，副總已經扯下口罩，丟在地上連著稿子一起踩。

……………

爲了讓遠在大阪念書的朋友安琪也能體會臺灣口罩無與倫比的樂趣，剛好搭上口罩寄國外不限片數的新規定，我將自己半年來的「存款」搭配從其他人交換來的「特別款」，全部寄了出去，一共九十片、二十幾種款式，唯一的五十片盒裝口罩我選了粉紅色，畢竟也是曾經在臺灣掀起一陣「粉色無性別」風潮的經典款，算是有特別的意義。

結果安琪收到以後，跟我說她不敢戴。

「妳為什麼不敢戴？」臺灣的口罩國家隊是那麼的令人驕傲，「這都是臺灣製的醫療口罩欸，很安全。」

「這些顏色太繽紛了，我會被當成異類。」安琪傳了一張在電車裡拍的照片，裡面所有戴口罩的人，戴著的全部都是白色。

「會被當成異類的，應該是沒有戴口罩的人吧！」我發現照片裡，竟然還有人沒戴口罩擠在通勤電車裡。

「日本沒有強制規定搭電車要戴口罩啊，只有『強烈建議』要戴。」安琪無奈解釋。

「這樣不是很危險？根本就是一堆把臉露出來的準病毒載體在妳身邊跑來跑去！」東京奧運已經延了一年了，現在是想一直延下去嗎？

「好啦，開玩笑的！妳寄給我的我都會戴，但有些真的太誇張的我就先收藏，像是豹紋。」安琪說。

「我們學校老師也有收到臺灣學生送的豹紋口罩，她說很漂亮，但不敢戴出門。」安琪分享老師的經驗，「豹紋戴出去，眞的會被注目到社會性死亡啦！」

原來這些在臺灣交易得如火如荼的「口罩貨幣」，一進去日本，就只會變成「紀念幣」了啊。

七月 July

你們可以用三倍券嗎？

疫情紓困方案之一的「振興三倍券」開始預購發放後，各大通路都推出超誘人「限定優惠」，而年底前一定要用完的這個條件，讓花錢成為幸福的煩惱，到處都是雀躍的聲音在詢問：「你們可以用三倍券嗎？」不小心講成「消費券」還會暴露出年紀，那又是另一段經歷了。

八月
August

#不要在疫情期間死掉就好了

如果我爸的手機前置鏡頭一直是開著的，這六天肯定能錄到不少次當鈴聲響起時，一家團圓的場景，而且是所有人的頭靠著頭，圍出一個完美的圈的那種大團圓。彼此互看一眼後，再由手機的主人我爸伸出手，抓起手機，再貼近耳邊，如果這時切換成手機後鏡頭繼續錄，就會錄到剛剛那些頭的主人既期待又怕受傷害的眼神。

「喂。」明明每一通電話的開頭都是如此，卻在這六天裡，次次成為韓劇日劇裡眞相揭曉前的最大鋪墊。

「哎，該死，不要這時候打來好不好！」隨著我爸的第八次咒罵，電話被狠狠掛斷，聚成一團的人也發出此起彼落的咒罵聲散場。

「該死，又是車貸？」大姑姑說。

「該死，我們的電話到底都怎麼外流出去的？」二姑姑說。

「該死，到底要等多久？」三姑姑這一聲嘀咕瞬間讓現場呈現靜止狀態，直到我爸一句話讓時間重新流轉。

「該死。」我爸一邊說，一邊走回餐桌，「不要再說該死了。」

「不該這時候死的。」

當手機重新被放回餐桌的正中央，一切，彷彿又回到了六天前。

六天前的深夜，中風的奶奶突然呼吸困難，我們就像之前的好幾次一樣，跟外籍看護瑪麗一起把奶奶扛上車，前往離家只有一公里的醫院掛急診，奶奶拚盡全力吸入空氣的咻咻聲，劃破了充斥睡意的車子，開出停車場時，夜間值班的警衛又在打瞌睡，之前爸爸總是會在緊閉的車窗裡斥責這種行爲，但今天沒有。

我把口罩戴上，我媽瞥了我一眼。「啊！糟糕！」同時哀嚎了一聲，雙手開始在褲子口袋旁摸索，「我沒有帶口罩！」

我爸用一個急剎車跟一句髒話，把車子停在還是綠燈的馬路上，表達他也忘記帶口罩的憤怒，我看了一眼後面，幸好沒車。

「繼續開啊。」我拿出一包上禮拜去超商領的實名制口罩。那是當初爸爸不知道又從哪個奇怪的群組吸收假訊息，誤把超商預購領口罩的運費「一次七元」認爲是「每一片多七元」，不聽任何解釋大聲痛罵政府發災難財，直到他自己想想也覺得不太合理後，才很酷的叫我也去幫他預購而來的口罩。

「我有帶大家的。」我開始分發口罩，車窗外的燈又開始移動。

醫院周遭的配置，自從疫情嚴峻起來後就變了，原本轉彎上個坡道，再直行就是急診室，但今晚的坡道上，只見左側多了一排白色檢疫帳篷，占據了半條馬路，外面還掛著紅色的燈泡，在裡頭移動的人影清晰可見，爸爸悄悄把車往右邊開了些，駛過檢疫帳棚區，才抵達急診室門口，小跑步過來的警衛先確認了奶奶的位置，再往對講機喊支援，打開後座車門時，幾位醫護人員已經推著病床跑來，爸爸轉頭叫我們先下車時，警衛抬起了手。

「不行，太多人了，現在只能一個人進去。」警衛看著魚貫跳下車的我們，張開手臂阻擋。

「爲什麼？」爸爸傻眼了，但還是乖乖先把口罩戴好，再探出頭向警衛詢問。

「因爲疫情的關係，現在醫院只能一病一陪（一個病人只能有一位陪伴者隨行），你們這麼多人不能一起進去。」警衛耐心的解釋。

「我們都戴口罩了也不行嗎？」爸爸氣急敗壞的問。

「不行，只能一位陪病人進去。」警衛抱歉但堅定的補充說明：「而且陪病的家屬要帶健保卡或身分證。」

這下大家都沉默了，半夜倉促出門只記得給奶奶帶上健保卡，其他人的口袋都很貧乏，爸爸身上只有鑰匙跟手機，媽媽只有手機跟只有錢的錢包，我只有口罩，眼下只有帶著行李的瑪麗有健保卡。

「先生，這裡是急診車道，救護車隨時會進來，你不能一直停。」剛把奶奶固定在病床上的醫護人員出聲：「我們現在要送病人進去，是讓看護跟著進去嗎？」

「看護是外國人，她進去是要怎麼跟你們溝通？」爸爸漸漸開始生氣。

「你們有人帶健保卡嗎？」醫護人員問：「看要不要先讓一位家屬跟我們進去，等確定需要看護，我們再換看護進來也可以。」

「沒有沒有沒有！我們沒人帶健保卡！我媽媽情況很嚴重我們就趕來急診！誰知道現在你們連救個人毛都這麼多！」爸爸整個爆氣，眼看奶奶還被晾在外面，媽媽急忙出聲。「我們今年都沒有出國，有沒有辦法可以通融一下，讓我們進去辦手續，因爲這些事情看護不會，其他時間再換看護陪。」媽媽一邊緩頰一邊把外套給奶奶蓋上，就算是夏夜對老人家來說還是可能著涼。

「可以，那等等留一下緊急聯絡人電話，之後有什麼情況我們再用電話聯絡。」醫護人員快速達成共識後，我媽把我爸趕去醫院後面臨停，人就跟著奶奶的床一起進了急診室，瑪麗則是自己走到醫院門口旁邊的牆，放下行李，蹲坐著滑起了手機。

我一個人被留在了車道上。

那一晚的急診室很忙，救護車來來去去載了好幾個或帶血或掛氧氣面罩或正在被CPR的傷患，哭天喊地的家屬也一個個被留在了門外，急診室的自動門開了又關、關了又開，從院內洩出的冷氣始終沒散。夏夜裡，彼此不相識的我們站在這股涼爽中無助的靜默，隨著輪流響起的手機或放心或痛哭，只有我們手裡的手機始終沒響，只能望著哭倒的陌生人，回憶著稍早與他在急診室門口分別的是誰？是那個被一邊CPR一邊推進去的嗎？還是滿頭是血的那位？

我突然想到，剛剛下車的時候，剛剛警衛在解釋防疫新制的時候，剛剛醫護人員在搬運奶奶的時候，我有好好的看看奶奶嗎？

那，會是最後一面嗎？

最後，辦完手續的媽媽出來了，換看護瑪麗進院陪奶奶，沒帶健保卡的我們只好全部回家等。結果隔天一早，那通電話終於來了。

「喂？」

「是，我是，我是她兒子。」

「負壓病房？爲什麼？她不可能得新冠肺炎啊，她中風以後都沒出門。」

「好，好，我知道了。」

「那我們能去看她嗎？」

「一面都不行嗎？」

「從外面看也不行？」

「不能輪流換人進去？」

「要等檢測結果嗎？要等多久？」

「……」

「如果結果出來前，人走了怎麼辦？」

「不能通融一下嗎？我拜託妳，這是我媽媽……」

「好，護理長，好，我了解妳的爲難。」

「那就等她走……她走了一定要通知我們。」

聽到這裡，所有人都猜到發生了什麼事，我爸的哽咽聲在這時變成了號泣。六十幾歲的男人現在哭得像個六歲孩子，眼淚交織著破碎的聲音，對著電話另一頭，絕望的許下不可能達成的願望。

「護理長，我拜託妳最後一件事好嗎？」

「等時間到的時候，請不要讓我媽媽孤零零一個人……」

「我怕她會很害怕。」

掛上電話，爸爸沒有轉過身，只是咳了幾聲，整理過的嗓音繞過哭紅的後頸傳來，明明就在我們眼前，聽起來卻是那麼的遙遠。

「我現在要去醫院補辦一些東西。」

「醫院說媽肺積水嚴重，現在只要肺部有病變，都要進負壓病房隔離，等檢測出來是陰性，才可以解除隔離。」

「但媽可能等不了那麼久。」

「最壞的情況就是要等媽走了，推到太平間，我們才可以去接她。」

爸爸拿起昨夜送奶奶，急診回來後，隨手丟在客廳的外套跟車鑰匙，打開錢包確認了一下裡頭的健保卡。

「大家都準備一下吧。」

「奶奶可能再也不會回來了。」

看著關上的大門，我想起就在幾個小時前的急診室門口，那些倒地痛哭的家屬。

「所以……」我不敢相信的問我媽，後者已經拿起電話要聯絡其他親戚。

「現在，我們只能等奶奶死掉了嗎？」

……………

爺爺是在所有家人的陪伴下過世的，奶奶理所當然的覺得，當那一天到來時，她也會在子孫簇擁下安詳的離開。

但奶奶沒有想到的是，爺爺過世後帶走的，不只有她身邊的依靠，還帶走了她獨自生活的權利，沒有一個孩子願意讓她繼續住在沒有爺爺的家，但也不是所有孩子，都願意照顧奶奶的餘生。

爺爺葬禮過後，奶奶帶著行李住進了我們家，然而家裡已經沒有需要讓奶奶照顧的人了。一夕之間失去生活重心的奶奶，用自己老了變醜了的理由足不出戶，每況愈下的身體狀況也讓她進不了廚房，逐漸窄小的生活讓奶奶變得抑鬱，每天最隆重的工作，就是拿起電話，打給那些用盡藉口也不願來看她的幾個女兒，說著言不由衷的謊話，試圖吸引她們的關心，猶如向父母討關愛的幼童一般。

這樣的舉動，卻只是把孩子們推得越來越遠，不只是離自己遠而已，兄弟姐妹們彼此的關係也更疏離，奶奶向孩子們問起原因，得到的答案卻是「都是因為妳」。

這幾個孩子，就是很久很久以前，當奶奶還是花樣少女時生下的四個女兒，並在國民政府遷臺時，隱瞞起丈夫已赴臺當警察的身分，獨自一人帶著她們搶登上開往臺灣的船，背上一個、懷裡一個、手上再緊牽兩個，拚了命的擠在甲板邊緣，在洶湧的航程中一邊哺乳一邊哄著吐到虛脫的孩子，咬牙苦撐著抵達高雄，才得已與丈夫再次聚首，兩個兒子也先後呱呱落地，一家人終於在臺灣安穩扎根。直到歲月將每個家庭成員打磨出不同的痕跡，彼此的關係也開始出現無法對上的缺口，而爺爺的過世，更是讓這些缺口有了沒必要再次拼起的理由，也許是當悲傷過去後，減輕一半的重擔竟讓人感到自由。

也許在姑姑們眼裡，奶奶仍是當年甲板上那個堅強的模樣，仍然有無盡的母愛與胸懷，任憑她們予取予求。但是奶奶已經九十歲了，她已經沒有需要勾勒的未來，也沒有需要她干預的人生，剩下的時間裡，她只想要兒女陪伴自己左右。

結果因爲新冠肺炎，當奶奶一直期盼的團聚終於發生時，大家簇擁著的卻只能是一支手機，而且竟是等著手機裡宣布的死訊。

六天的時間裡，大家從一開始聽到鈴聲響起時表現出的害怕跟哭嚎，逐漸變成了說不出口的期待，爸爸開始挑選「也許晚一點會用到」的適合放在靈堂的照片，原本不相往來的姑姑們開始彼此分享近況，同時有意無意的分配起喪葬費用的比例。

畢竟這樣的等待必須要有個終點，我們才能繼續往前走。

同樣的六天裡，奶奶卻只能跟外籍看護一起留在她最討厭的醫院，獨自期待著能再看看自己的孩子，她甚至沒機會知道我們已經齊聚一堂了，就在她最後住著的我們家裡。

因爲奶奶終究，還是一個人走了。

我們終於等到的下一步，是奶奶在只有看護跟監視器的負壓病房裡，獨自一人戰鬥到最後的結果。六天過去了，再頑強的器官還是不可逆的一個個步向衰竭，沒能等到摯愛的家人，她只能孤伶伶的嚥下漫長一生的最後一口氣，然後那個被稱爲好消息的陰性檢驗結果，才跟著過世的噩耗，一起從那支手機裡傳來。

……………

太平間裡擠滿了人。

地面上的醫院內，正戒備森嚴的實施著一病一陪的管制，但位在地下室的太平間卻熱鬧非凡，裡頭都是家人活著時被擋在院外、沒料到要等家人斷氣後才能好好告別的人，也因此讓場面變得特別悲憤。

停放大體的幾間往生室裡，牆上都備有兩款海報，有佛祖款跟十字架款，任憑家屬依信仰自由更換，角落的音響也可切換成佛經或詩歌，只是往生室一旦停進大體，空間就會變得很小，小到絕對無法保持社交安全距離。於是每間房門都是開的，滿出來的家屬踮起腳拚命向內邊哭邊張望，不同信仰的樂聲就這樣流淌出來，在同樣擠滿人的公共空間彼此相遇，導致每個往生間裡的家屬，都沒忍住叫嚣著要其他間的關好門。也許是沒能見到最後一面的心靈空缺實在太大了吧，誰都不願放下才剛獨自斷氣的家人，那張還留有一絲柔軟與紅潤的面容，憑著一句號稱「人類死後最後消失的是聽力與觸覺」的論點，不斷的向躺在屍袋裡的亡者，說著原本應該在病床前說的話。

往生室外的人也是多到陳時中看見頭可能會非常痛的程度。幾乎沒有人口罩是好好戴在臉上的，因爲痛哭通常伴隨的就是眼淚跟鼻涕，應急的解決方法只有衛生紙或手帕，不具備吸水功能的口罩，自然而然的就被拉到下巴給脖子戴了。同時，接大體的靈車不斷從外面開入，禮儀公司的人在廊道裡各自盤據一方，招呼著家屬確認亡者的生平，說明著接下來的手續。連同意書都是壓在牆上簽的，少數禮儀人員還彎腰貢獻出自己的背，不懂事的小孩穿梭其中，或是跑來跑去，或是抓著大人的衣角問爲什麼所有人都在哭。能短暫平息這些吵鬧的，只有當大體推出往生室要上靈車的時候，這時禮儀公司的人會高喊請迴避，沒有人敢違抗，默契的用自己的背，送走剛剛還在針鋒相對的其他家屬。

疫情以來，很久沒看到這麼密集的群聚場景了。

等我們抵達二殯的誦經室，天已經快黑了。相比醫院太平間的熱鬧，晚上的二殯非常冷清，就連禮儀人員也要我們不要隨意張望，以免孤魂野鬼纏身。走進同樣位在地下室的誦經室，奶奶的大體已經放在最前方，照習俗應該要把握人類死後殘留的聽覺，連續念經八小時迴向給奶奶。然而當所有人落座以後，室內迴盪起的誦經聲卻不如人數一般大聲，不需要仔細聽都可以分辨出來，其實只有師姐們的誦經聲而已，看來躲在口罩後的大家，已經無法忍受口罩裡越來越濃密的口水味，想著要這樣度過八個小時，索性都捧著經書微動臉頰肉，佯裝成「我有在唸只是很小聲」的模樣，偷懶了起來。

發現原來自己是在孤軍奮戰的師姐們，忍不住開始曉以大義。

「這種迴向要家人唸才最有效，快趁亡者聽覺還未消散，大聲的唸出來。」

「她聽見了一定會很高興。」

眞的，會高興嗎？

我開始聽見姑姑們越唸越大聲了，可是奶奶在人生最後的最後想聽到的，眞的是不斷重複且艱澀的經文嗎？

對活下來的人來說，很不容易的八小時誦經馬拉松終於結束了，師姐判定聽覺消散的奶奶，馬上就要送進冰櫃。推進去前，工作人員恭敬的把屍袋打開，叫我們確認裡頭是否爲奶奶本人。

奶奶的臉已經完全黑掉了。

有些死亡是這樣子的，昨天還出現在電視上的人，昨天還在跟你講明天要幹嘛的人，昨天還能感受到體溫的人，可能過了一夜之後，就不再跟自己屬於同個世界。在被疫情改變了模樣的二〇二〇年裡，隨著具有知名度的人接連逝世，加上時逢庚子年，各種黑暗論云云而起，籠罩在新冠肺炎下的死亡，似乎變成了另一種帶有災難色彩的悲劇，哪怕不是因爲新冠肺炎而死，也會被媒體刻意在標題引導成相關，以賺取點閱率，無形中更加深了大衆對新冠肺炎的恐懼。

直到經過奶奶這一次的有去無回，我才明白其實二〇二〇年的每個死亡，都跟新冠肺炎有關，只是直接還是間接影響而已。

對於在二〇二〇年畫上人生句點，尤其是送進醫院後才迎來死亡的人們來說，死亡變成一件眞正孤獨的事，甚至在最後的迴光返照裡，本想將倒數中的清醒時刻用在心愛的人身上，身邊卻只剩一部機器，嗶嗶嗶的提醒自己生命徵象正在消失，視線可及的人影，全穿著看不到臉的防護裝備，隔著一扇窗靜靜守望，慢慢的，意識逐漸從清醒到昏迷，從昏迷到斷氣，都只能是連觀衆都沒有的獨自謝幕。

而對於亡者家屬而言，根本不會料到疫情強硬到超越人情，讓有些只把臨終探望當作心安的人更加不安，甚至連等待死亡結果的過程都像一種凌遲。明明以爲會像一直以來的那樣，還有病危的時間、迴光返照的時間，可以讓心高氣傲的自己有好好懺悔的機會，然而此時的防疫規定就像一把剪刀，硬是將這些時間剪去、並把剪去的時間留在了醫院，畢竟，那終究是屬於死者的人生片段。而這一段缺失，也將成爲始終不懂把握時間活著的人，永遠的一道缺口。

當初留在手裡的奶奶的體溫，在無盡的等待中消散，只剩下一張奶奶歷經風霜後衰老的照片，那是我們記憶中的樣子，也是奶奶人生後半的模樣，原本以爲還會有時間了解她完整的人生，卻已再不可考。

人生就是這麼空虛嗎？活了一輩子，經歷了那麼多事情、邂逅了那麼多人、有過那麼多體悟，最後卻只剩下一張照片，一張需要讓活著的人認得出來的照片，而不是奶奶最喜歡的照片，但奶奶最喜歡自己什麼時候的模樣呢？一樣，再不可考。

……………

姑姑們對於明明近在咫尺，卻無法陪伴奶奶臨終的衝擊有多大，在接下來的每一天裡，都能強烈的感受到，甚至可以說是走火入魔的地步。

聽到要開始摺蓮花跟元寶後，表姐就跑去買了大概是紙錢界裡最華麗的蓮花紙跟元寶紙，七種顏色外加金邊銀框，每一朵都在閃閃發亮，然後上面還要寫上奶奶的名字。

「要寫上名字，這樣姥姥才領得到。」正當我聽從表姐囑咐，找出簽字筆準備開寫時，她卻一臉嚴肅的端出文房四寶中的三寶：毛筆、墨條與硯臺。

文房四寶竟然是可以這樣隨手拿出的東西？

「不可以用簽字筆，太隨便了。」表姐正色的拿走我手上的簽字筆。

「我們欠姥姥太多，能夠多用心的地方，就該多用心才是。」表姐哽咽著說完，卻是把墨條遞給我，示意我開始磨墨，連毛筆也都放好了，就在我的右手邊。

欠奶奶最多的究竟是誰呢？

是因爲住在同一個屋簷下，逐漸相看兩生厭的我們家，還是說自己是「潑出去的水」，所以從不探望，也不分擔任何照顧費用的姑姑們家呢？

這個「欠」的多寡，又是誰說了算呢？

奶奶身上一直有股傲氣，而那傲氣的形狀，大概就像是中國宮廷劇裡的老佛爺。比如說晚上要睡覺了，所有人都必須放下正在做的事，要用看起來很心急的小跑步移動到奶奶身邊，然後由兩個人挽著奶奶的手臂，其他人在後面隨行。直到進入奶奶的房間，直到奶奶躺下，直到幫奶奶蓋好棉被，直到關燈前，我們都要面帶微笑的注視著奶奶，跟她說晚安，好好休息，明天見，隔天起床後亦是如此。

但久了，人難免怠惰或嫌麻煩，我們一個一個用忙碌推託，放棄參與奶奶的睡覺起床儀式，如此舉動，逐漸將奶奶的心磨成一只鋒利的針，在奶奶接通電話，跟女兒們痛訴時，那根針就會在「家裡都沒人」、「大家都在等我死掉」、「沒有人在乎我」、「我不想活了」裡來回刺入，抽出。奶奶覺得自己這樣是在縫合，但對爸爸跟姑姑們來說，只是更多的傷口。

我媽無意間從看護口中得知奶奶「不想活了」，於是爲了讓奶奶重新想活，她開始積極打造新的生存環境。

某天早上，我媽用極度不自然的演技，大聲的翻起她前幾天就確認過日子的月曆。

「哎呦，今天是初一欸！媽妳今天要吃素對不對？」

「我們做素餃子好不好，可是我不會做，妳教我做好嗎？」

奶奶原本已經在沙發上萎靡了好一陣子，聽見素餃子時，突然整個人就像自帶萬丈光芒一樣閃亮了起來，雖然嘴上還在嫌「都跟著我幾年了這都不會做」，依舊難掩被糾纏的快樂。之前明明說自己又老又醜不想出門，現在突然拉著菜籃車就要去市場挑菜，要從備料開始一項項親自確認，就連下鍋要翻炒幾下、火要開到多大、需要加幾匙的鹽巴，我媽全讓奶奶決定，就算明知餡料已經鹹到無法挽回，我媽仍一句話也沒說，一邊對奶奶笑著，一邊目露凶光轉頭示意全家人必須把餃子吃完。而奶奶看著狼吞虎嚥的我們，終於久違的笑開了懷，還主動站起來說，要再去廚房下一批餃子讓我們繼續吃。

重新拾起生存意志的奶奶，還是無法放棄每天和女兒煲電話的時光，只是內容變成了「我那個媳婦簡直是笨得要死」、「菜都不會煮，還要我教」、「哎呦，我眞苦命」。

我媽聽說後卻毫不在意，她說，只要奶奶能住得舒服，全家人就舒服。

「妳奶奶一直覺得自己的女兒最好，我嫁進來後，她更是一直掛在嘴上炫耀。」我媽嘆了一口氣，「可是現在，卻沒有一個女兒願意陪在她的身邊。」

⋯⋯⋯⋯⋯⋯

聽起來，應該是所有人都讓奶奶傷透了心，而這群所有人，現在卻爲了替奶奶摺蓮花跟元寶，達成爺爺過世後，整個家族第一次的完整團聚。彼此的隔閡在摺紙的過程裡煙消雲散，你笑我也笑，你哭我安慰，你不會摺我教你摺，如此歲月靜好的畫面，是奶奶生前最想看到的，甚至是期待著至少在臨終一刻總能看見的吧，只是沒想到，因爲疫情，竟然要等到陰陽兩隔，才能看得到。

我甚至不知道，奶奶到底看不看得到。

因爲奶奶現在究竟在哪，沒有人知道。

一切的衝突，都源自我們最後決定請佛教團體來誦經。

臺灣的喪葬習俗大多是走道教風格，就是那種熱熱鬧鬧、與家屬互動性極高、道具也很多、還得披麻戴孝的，最簡單的例子就是靈堂上可以擺放亡者照片、金童玉女、元寶、蓮花還有紙紮屋，讓整個桌面看起來澎湃無比。

但佛教的儀式就不是這樣了，走的是莊嚴肅穆風格，相信亡者已追隨佛祖到西方修行，已得道成佛。是佛，自然不需要有太多俗世的牽掛，舉凡相片、金童玉女什麼的，都不能擺放，只要靜心誦經就好。

所以，當禮儀公司聽到我們請來佛教團體裡法力最高強的法師，還會帶一整團的師父師姐赴告別式會場，全力對奶奶發送迴向功德時，他們苦惱了。

「可以是可以，但法師們抵達前，會場的布置可能要稍微調整一下，不然他們可能會覺得被冒犯到。」禮儀師既委婉又輕描淡寫的帶過，導致我們都以爲，稍微調整一下，應該沒什麼太困難的地方。

禮儀師其實應該要實話實說的。

告別式當天，姑姑們大概心懷愧疚，一家抱著有庭院還有停車場的紙紮透天厝、一家推了一整車的金元寶，上面還放了一個巨型蓮花，以及一輛紙紮賓士、一家買了奶奶生前最愛吃的蛋糕，而且還是三層的蛋糕，奶奶的告別式會場瞬間變得非常熱鬧。

「這麼多！等一下法師來之前都要藏起來耶！」禮儀師看著不斷湧入的紙紮產品開始擔心。

「有需要到藏起來嗎？」我震驚的看向禮儀師，因爲在我的認知裡，應該只需要收金童玉女，「你之前不是說稍微調整一下而已？」

我們看著正在靈堂前面，爭執誰的東西要放前面、誰的東西要放後面的姑姑們，如果這時走過去說，不行喔全部都要藏起來，不能讓大家看到你們的孝道，好像會出大事。

正當我們已經很苦惱的時候，四姑姑家抬著一頭牛到了。那是一隻跟臺北燈節主燈差不多大的紙紮牛。

「媽，女兒帶牛來幫您喝髒水了，您就好好的去吧……」四姑姑一邊哭，一邊牽著實由姑丈跟表哥抬著進場的牛，戲劇化的撲倒在地，淚爬進場。

「爲什麼要帶牛？」我看著表哥小心翼翼的把牛放下，開始擔心等一下要怎麼藏。

「喔，我媽說因爲女人有那個啊。」表哥言簡意賅的說完後，看著我一臉你爲什麼要講幹話的樣子，連忙又出聲補充。

「就是有血的那個啊，那個月經啦。妳們流血不是很容易弄髒東西，然後就會需要用水洗乾淨，那些髒水啊，死後都要自己喝掉才能投胎。」表哥講得好像經歷過一樣的鉅細靡遺。

「怎麼樣啊，」表哥突然洋洋得意，「這隻牛這麼大，應該喝得完姥姥這一生的髒水吧？」

髒水？

那個死活都要糾纏女人的月經，果然又不負衆望的出現了。比起去年要由孫女拿毛巾揮一揮、幫外婆「淨身」的習俗，看來這次明顯比較嚴重，竟然是要已經過世的當事人自己去喝掉，這要我們活人怎麼干涉？幸好萬能的紙紮事業什麼都紮得出來，才能派出明明是吃草的牛來喝。

看著表哥一副還在等待稱讚的樣子，我只好回應他。

「可是投胎這件事，需要經過有月經的女人，才能成爲一個胎耶。」我故作天眞的問，「所以你應該也知道，我們不都是喝完了髒水，才能投胎在這裡當表兄妹的嗎？」

「誰跟妳們一樣啊！」表哥惱羞，「男人過世可是要燒馬，因爲要騎著去當極樂世界的官！」表哥的喪葬知識意外的很豐富。

「那我們鐵定是一樣的啦。」我這下非常確定，「去當官，就表示沒有投胎。所以照姑姑告訴你的習俗，大家前世都得是女人，才有機會投胎。所以你站在這，就表示你成功喝完髒水投胎了呀！」

「當然也可能是牛喝的。」我急忙補充，並且努力把手臂延展到跟那頭紙紮牛一樣大，「而且，可能也是這～麼大一隻牛牛呦。」

非本意把表哥氣走以後，換禮儀師走過來看著那頭牛，一臉愁雲慘霧，彷彿眼前站著的是他職業生涯的最大瓶頸。

「先不管藏不藏得起來好了。」禮儀師說，「二殯好像沒辦法燒，這太大隻了應該塞不進去。」

爲了響應環保，二殯會把所有紙錢及紙紮產品集中一處燒化，但這隻牛顯然因爲乘載了太多的愧疚，變得過於巨大，可能沒辦法環保的處理，要用汙染環境的方式燒去另一個世界，然後竟然還得接著喝髒水。

牛牛實在太可憐了。

禮儀公司請來的道教法師到場後，第一件事，就是去確認現場擺放的各項祭祀物品是由誰買來的，姑姑們立刻蜂擁而上，一個個舉手嚷嚷著、搶著讓法師一定寫對。

「那棟紙紮屋是老三家的，有停車有院子還有僕人的那棟。」

「那隻非常大的牛是我們老四家的。」

「那個最大的蓮花跟滿車金元寶，還有那輛賓士，是老大家的。」

「新鮮的三層蛋糕是老二家的。」

「好，我看看。」法師看著訃聞上的子孫名單，「大兒子已經不在了……那小兒子有準備東西嗎？在哪裡？」

我爸指著桌上的兩個水果籃，「我跟我太太一人送一籃。」

「好的，記好了，等等會請媽媽來領收喔。」法師笑咪咪的在訃聞上做好記號，儀式隨即在響亮的鈴鐺聲中、司儀催淚意圖明顯的臺詞中，悲壯卻熱鬧的展開了。

而那個曾經帶給所有人傷痛的擲筊環節，還是不可避免的到來。由於上一次給爺爺擲筊時，姑姑們丟了八次都沒成，把那時負責的師姑逼到快沒臺詞，我們還得幫忙想爺爺是爲什麼還沒到現場，最後竟是讓身爲小輩的我擲出聖筊，搞到全家反目。這種情況，眞的說什麼都不想再發生了。

可是還是發生了。

眼看擲筊再次陷入膠著，法師用盡「媽媽腳痛還在走」、「是不是有人沒到」、「媽媽愛漂亮可能還在打扮」的說法，終於也沒招了。

「媽媽生前有什麼遺憾未了嗎？」法師向我爸求救。

「應該很多吧。」我爸感嘆的說了句大實話，但大實話並沒有救到法師，反而引起姑姑們的不安，嘟囔著「不能怪到我們身上」。

「比如說？」敬業的法師只是接著問。

「呃。」我爸突然語塞，然後開始痛哭，「我覺得大家都有讓媽遺憾的地方……」

「媽一定是討厭我們了，哇啊……」三姑姑也開始痛哭。

「媽不要生氣，是我們對不起妳……」大姑姑也開始痛哭。

「媽我好想妳，嗚嗚……」二姑姑也開始痛哭。

「媽妳是不是去找爸了，先過來這裡嘛，我有準備牛，嗚……」四姑姑也開始痛哭。

法師眼看他只是問一個問題就引發痛哭修羅場，也開始慌了。

「那我要先說誰的才好呢？」

我低頭看了一眼手錶，發現預約的佛教團體就快到了，於是斗膽起身，穿過長輩的淚海，走到法師旁邊。

「奶奶這次是一個人走的，我們都沒有在旁邊。」我跟法師說，後面的啜泣聲變小了，「她生前最想看到的，就是大家聚在一起的樣子。」後面的啜泣聲再次變大。

法師看起來像是獲得了千軍萬馬。

「我明白妳奶奶的遺憾是什麼了！」法師振奮的搖鈴。

「來，大家全部都把口罩拿下來！」然後法師也把自己的口罩拿下來，法師爲什麼要把口罩拿下來？

「來，都把臉露出來，給親愛的媽媽、奶奶、外婆好好看一眼。」法師自信的指揮大家抬頭，然後順手把那兩枚代表筊的十元硬幣放到我手上，叫我來擲。

「大家現在大聲的再問一次，媽媽來了沒？奶奶來了沒？姥姥來了沒？」

我在會場的一片哭喊中，將兩枚十元硬幣用力往上拋，看著它們飛離掌心、在空中翻滾、看著它們經過法師手上的鈴、看著它們經過沒戴口罩的法師的臉。

我發現這位法師也跟去年的師姑一樣，嘴巴都在無聲唸著：「聖筊聖筊聖筊聖筊聖筊聖筊……」

但我這次，沒有在心裡跟奶奶喊話。

兩枚十元硬幣落地，一正一反。

睽違六年，我不知爲何再次突破擲筊僵局，想著上次擲完引發家族其他人不滿，於是在法師充滿狂喜的搖鈴聲中，我的手仍僵硬在半空，不敢轉頭面對接下來的場面。

意外的是，姑姑們竟然向我道謝。

「對啊，我們怎麼沒想到呢，媽是一個人走的。」大姑姑邊說邊掉淚。

「謝謝妳完成奶奶的心願。」二姑姑也向我走過來，「不過，妳怎麼會知道奶奶想要什麼呢？她已經不能講話很久了。」

……………

其實在一個月前，我們一如往常的進房間探望奶奶時，發現原本中風半癱瘓的她，眼神突然對焦了、手也突然有力了，就像是重新好起來了一樣，抓住我媽的手說，好想抱抱我大孫女啊，她會走路了嗎？小心別讓她摔到頭，我大孫女這麼聰明這麼漂亮，可千萬不能摔到頭了……

原來，奶奶的思緒已經回到了很久很久以前，回到了三十年前，我剛出生的時候。

奶奶的時間往回走了。

三個月前奶奶還沒中風，每天仍然精神抖擻的見人就罵，到處挑剔，可是當她以為自己一個人在家的時候，總是會收起這些劍拔弩張，偷偷拿出藏在床底的相片冊，一邊翻、一邊哭，是哭出聲音的那種哭，把空蕩蕩的家塡滿了心碎，導致我那一天都不敢出現在她面前，怕她發現原來家裡有人。

奶奶其實很想念她的女兒們，只是平常她從不承認，因為如果說出自己很想念的事實，就像在承認她早就已經知道，這些女兒為了手足之間的賭氣，就可以用盡理由不來看她。

而這些思念，在奶奶臨終前一個月重現了。從三十年前我出生的那一刻開始，不斷往後退、往後退，接下來的每個夜晚，奶奶房間傳出的歡聲笑語都羞澀得像個少女，我們都感覺到是過世的爺爺來到奶奶身邊，他們重新相遇了一次，然後再談了一遍戀愛。而奶奶原本一直倒退的時間，在爺爺的陪伴下，又往前走了。

大概過了半個月，奶奶跟爺爺的對話逐漸變了。隨著孫子一個個出生，奶奶開始唸叨著抱孫抱得手太痠，有點撒嬌的埋怨著爺爺也要幫忙抱啊。

雖然當時在我們眼裡的奶奶，已經被病痛折磨得不成人形，她說抱孫抱到手瘦的手，其實只是把癱瘓的手往上舉了五公分高。她跟爺爺說情話的笑容，只是在中風的臉上再添一道詭異的歪斜，我們看得很心痛，但其實，奶奶已經回到了過去，回到了那些她認為最美好的時光，而這最美好的時光裡都有我們的身影，原來我們每個人，都是奶奶最不想忘記的人生。

⋯⋯⋯⋯

這樣的感動並無法持續太久，佛教團體就要來了，我的餘光已經瞥見禮儀師在叫道教法師去藏起來，原來道教法師也要藏起來。

「家屬先坐下休息，等等佛教法師就要到場誦經了。」禮儀師略帶著急的說明，他完全沒料到時間會卡在擲筊這裡。

「因為宗教屬性不同，所以我們會先把大家為媽媽準備的貢品都先收起來，等等誦完經再擺出來，請不用擔心。」禮儀師說完，轉身去搬那頭牛。

一聲響亮的撕裂聲隨之響起。

在禮儀師抱起牛，穿過還在努力站起來的我們，全力向外衝刺的時候，我看見那條正隨著禮儀師驚慌失措的步伐擺盪的牛尾巴，但那是一條本來不應該有任何擺盪的牛尾巴，因爲它是被固定在牛屁股上的。

牛尾巴被撞斷了，甚至在牛屁股上扯出了一個小洞。

「洞！」表哥尖叫，「這樣牠喝水的時候，會統統流出來啦！」

佛教團體抵達時，會場已經幾乎全空，新鮮的三層蛋糕、有院子還能停車的豪宅紙紮透天厝、一車的金元寶及巨型蓮花，全部被藏到佛祖的身後，就這樣，變得素淨的會場，迴盪著著佛教團體帶有深厚法力的經文聲，頓時莊嚴無比。

可是我的眼光一直忍不住飄到會場後方，禮儀師不知從哪找來一群人，只見每個人都把頭擠在牛屁股前，看起來是在集思廣益著如何把牛尾巴黏回去，窸窸窣窣的聲音夾雜在渾厚的誦經聲中，形成一種安穩的頻率，奶奶的功德，以及號稱會幫她喝髒水的牛，都圓滿了。

等佛教團體莊嚴肅穆的離場，原本在休息的樂隊又開始演奏起來，道教法師也搖著鈴，精神抖擻的從靈堂後方跳出來，後面跟著一群工作人員，忙著把金童玉女、紙紮屋、紙紮賓士、元寶蓮花等全部復位，禮儀師也小心翼翼的把修好的牛搬到靈堂前，表哥一臉認眞的跟在禮儀師後面，用不知道爲什麼要瞇起來的眼睛，一路追蹤著牛屁股直到放下。

雖然這樣用詞有點不恰當，但現場，的確是歡樂了起來。

然後，我們所有人都圍在了剛剛搬出來的祭品前面。

「王女士的兒女非常的有孝心！今日特別準備洋房一棟，快來領收！」法師搖著鈴，示意我們一起喊奶奶來領，然後由送房子的三女兒負責擲筊，結果擲出一個沒有。

「媽媽可能還不知道房子長怎樣啦，我們來介紹給她聽喔！」法師熟練的安慰，隨即揮動法袍帥氣轉身，彎腰細看紙紮房的裝潢。

「王女士的兒女非常的有孝心！」法師再次開始說明大家的孝心，「三女兒今日準備的洋房一棟，裡面有庭院，庭院裡有忠犬一隻……」

「來福，那隻忠犬是來福。」三姑姑上前補充說明。

「咳咳，好的，庭院裡有忠犬來福一隻、有傭人一位……」

「傭人叫阿財。」三姑姑又出聲打斷了法師。

「……庭院裡有忠犬來福一隻、傭人阿財一位，任王女士使喚！」法師看起來是不想被打斷了，開始努力增加細節，「孝順的三女兒還給您配有麻將桌，以及三位牌友……」法師頓了一下，想在三姑姑說話前先脫口而出，「三位牌友阿恭、阿喜、阿發，陪您一起打麻將，恭喜發財，子孫有財！大家說，有沒有！」

在大家喊「有！」之前，是三姑姑喜極而泣的聲音，「師父怎麼知道是阿恭、阿喜跟阿發，太神啦，媽一定回來啦！」

一個聖筊出現了，剛剛在佛教法師的儀式裡，已經跟著佛祖去修行的奶奶，現在又被叫回來了？

看見聖筊出現，法師趁勝追擊，把焦點轉移到了那頭牛身上。

「王女士的兒女非常的有孝心！」法師再次搖鈴，「大女兒今日特別準備水牛一隻……」

「是水牛嗎？」大姑姑疑惑的聲音從後面竄出。

「應該是吧？不會是乳牛啊！」表哥竟然加入討論。

「要請師父講牛還是水牛？還是還有什麼牛……」大姑姑焦慮了起來。

偷聽到一切的法師，深吸了一口氣。

「王女士的兒女非常的有孝心！」法師再次準備說明關於牛的孝心。

「大女兒今日特別準備的，是一隻體型非常魁梧的牛，可以當作水牛，也可以做乳牛使用……」

竟然還可以一牛三用。

隨著一次次聖筊的出現，奶奶看似領收了所有的東西，讓所有人都感到心滿意足，但也因此讓死後的世界變得更加神祕了。過世後的奶奶，在我們存在的時空裡已剩一副軀殼，但似乎在我們看不見的世界裡，她很忙，而且非常忙。

首先在道教法師拿著擲筊一路確認的各種招魂下，奶奶要在靈堂、二殯之間來回奔走，途中又在佛教團體的誦經聲中成佛，跟著佛祖去西方世界修行，但馬上又因道教法師鍥而不捨的繼續擲筊，奶奶應該又疲於奔命的再次衝回二殯了吧，要趕快把房子、車子、一整車金元寶，還有那頭可以三用的牛全部領走，子孫才能擺脫擲筊地獄。但如果要跟著佛祖修行，這些東西要怎麼隨身攜帶，也是很傷腦筋。如果要選擇投胎的話，那為什麼，子孫會想準備那麼多讓奶奶完全可以在西方世界「做地起家」的資產？

而我們的祖先們如果真的已經投胎了，那現在待在牌位裡，總讓長輩抬出來罵我們「叫你對不起列祖列宗」的列祖列宗，究竟是誰？

然後現在姑姑們又在痛哭著要奶奶快去找爺爺。

整整七天的混亂，換來的，是活著的人心安了，可是我卻不太能確定，奶奶最後，到底選擇去了哪裡。

一切儀式圓滿結束。

脫下孝服、收拾好供品、走出墓園時，太陽已經快要下山了。我突然想起半個月前，奶奶還活著的那個下午，落日的餘暉濃密而溫馨，一直臥在落地窗旁的奶奶，還在對著意識裡的爺爺聊天，她奮力抬起的手在床前晃啊晃，晃成了一幅美麗的剪影。恍惚中，我彷彿看見了一個大影子跟一個小影子，相擁著融入了夕陽。

也許奶奶早在那個時候，就已經以自己最可愛的模樣，與爺爺在最美好的時刻裡團聚了吧。

八月 August

戴著口罩說再見

七月三十日，前總統李登輝過世，長達兩個月的各種告別儀式裡，口罩遮擋了部分的煽情、留下疫情元年的印記。而這個月還有許多名人離開我們，雖不是因為新冠肺炎，但疫情的確影響了告別的方式，也讓庚子年再添魔咒色彩。

September

九月

#消失的富井美紀

關於富井美紀。

明天下午兩點，是跟我身邊的這個男人，到户政事務所提交結婚證書的日子。

看著他隨著微微的鼾聲、平穩起伏的胸膛，

他睡得這麼好，實在讓我有點想哭，

於是我悄悄的掀開棉被，把腳伸進毛茸茸的粉紅色拖鞋，

走到廚房，打開冰箱。

冰箱裡的冷風竄進我單薄的睡衣，我一下子就清醒了，整個人滑坐在地，我關上冰箱，在重新回歸黑暗的房子裡，大聲哭泣。

因為明天起，「富井美紀」就將從這個世界上消失了。

八年前，二十六歲的富井美紀跟二十八歲的山本孝宏結婚以後，就消失了。但是山本一家好像沒有特別在意，因爲孝宏的母親冬子也是這樣，鄰居松本家的媳婦也是這樣，反正不久後就會回來了，而且會用更好的樣子回來，只是每個人需要花的時間可能不太一樣，所以，山本家的日子，依舊過得很平常。

已經去天國的爸爸、媽媽，

明天起，我們之間作為家人的唯一連結，就要消失了呢。

明明只是少了一個共通點而已，
怎麼好像我們的關係已經有分別了，
好像所有的關係，都出現了微妙的改變。

好像從明天開始，就真的只剩下我一個人，
要獨自面對新名字。

只剩下我，要努力融入新的家庭，
只剩下我，要努力成為新家庭的成員，
然後，再為新家庭，生一個跟新家庭姓氏一樣的寶寶，
啊！那時，我就不該說新家庭了吧？
而是我的家庭。

爸爸，媽媽，我真的好想你們。

新冠肺炎衝擊下的失業潮，讓在旅行社工作的美紀首當其衝。待業初期，她繼續操持著本來就是她在操持的家務、接送女兒小奈上下課，多出來的時間，就拿來研究日本媽媽間很流行的卡通便當。可是每當決定便當菜色後要出發到市場採買時，手一摸到單薄的錢包，想著裡頭的家用，她只好再次打開冰箱，拿出小奈一直喊著「吃膩啦」的舊菜熱一熱。

因爲先生是駐臺工作的日本人，八年前結婚後，美紀就很自然的隨著先生一家人到臺灣生活，就跟冠上先生的姓一樣自然。

但是改變名字的心情比想像中沉重很多。大概是因爲時代不同了吧！幾年前紅遍日臺的晨間劇《阿淺來了！》是改編自大阪女企業家廣岡淺子的眞實人生，出生在一八六一年的京都商家，家裡觀念十分傳統，讓好奇心旺盛的阿淺可說是每走出一步，就會踩到家裡各種限制女性自由發展與思想的規矩。但她沒有被這樣的「約定俗成」所束縛，反而是全部接受，再一個個擊破。她接受了被「指腹爲婚」的結果、遠嫁大阪，改姓入室，努力做一個那個年代的好媳婦、好妻子之餘，也不忘繼續研究商法，最終成爲一個企業家，甚至開設女子大學、發起女性運動，爭取提高女性的社會地位及參政權。

女性的溫柔，可以成爲父權思想下的軟肋，也可以成爲揭露父權弊病的武器。

但是在現在這個時代，女性權益的確在先人努力下進步非常多，可是在很多看起來趨近平等的規定下，藏著的，仍是大家會用「談了沒意思嘛」的態度去帶過的「男尊女卑」事實，這反而讓現在的女性處境更難被看見了，就像是在大家面前給我們糖吃，但卻又在糖果紙裡寫著「妳吃了如果覺得不甜，就沒意思了。」

美紀當然知道日本法律是怎麼規定的，因爲日本傳統思想裡，認爲一家人就是要同姓，所以才會有「夫妻同姓」的規定，雖然法律並無強制妻子一定從夫姓，但婚後冠夫姓仍屬主流，如果女生眞的不想失去原本的姓氏，一種做法是跟外國人結婚，另一種做法就是在工作場合繼續延用舊姓，可是身分證上冠夫姓，這也是大部分日本女生的選擇。

所以當她來到臺灣到旅行社上班時，還是跟老闆提出了要求，希望使用「富井美紀」這個名字印名片，老闆馬上大笑說當然可以，還自以為是的幫腔，罵日本怎麼那麼傳統，竟然還要老婆冠夫姓，沒關係，妳來臺灣想用自己原來的姓，我一定支持。

美紀也不想戳破日本法律其實只有規定「夫妻同姓」的事實，因爲需要解釋的地方太多了，甚至聽到的人可能會怪她自己怎麼不爭取讓老公跟自己姓。

但，這會是一件容易的事嗎？

女人真是一個煩人至極的性別。

每個月都讓人很辛苦的月經，
突然不來時又讓人很著急，
偷偷買驗孕棒，自己在車站廁所一邊祈禱一邊驗的感覺，討厭極了。

周圍的聲音也好討厭，
家事都是女生應該要做好的，
化妝也是女生應該要做好的，
身材要保持穠纖合度，穿搭要緊跟潮流卻又不能太過誇張，
懷孕之後，努力維持的一切會在十個月的時間裡崩塌變形，
但這個世界才不在乎妳崩塌，
他們只會覺得，
媽媽不努力恢復往昔，就不要抱怨自己會被嘲笑。

是的，
女人年紀大了，會被笑人老珠黃，
女人胖了，會被說不懂自我管理，

女人單身，會被認為一定是哪裡有問題，

女人積極，會被講成不懂進退。

明明有這麼多書跟電影，都在描述著現在的女性應該更加自由，

但現實是殘酷的，

認為女性太過自主是一種「不適當」的人，遠比想像的還要多更多。

對了，我突然想要記錄一下，

上個禮拜，日本某社群平臺做了一個外遇調查，

調查結果為男生外遇OK、女生外遇NG。

雖然嫁為人妻，但是美紀對自己的工作可說是全力以赴，畢竟在富井美紀的時代，她可是稱霸神戶旅遊業的最強女業務，那是她推掉多次社內聯誼、徹夜加班才換來的成就感。雖然來到臺灣後一切重新開始，但只要用富井美紀這個名字，她就能像拽著石油田飛馳的跑車，從資源到執行，全都一手掌握。

然而，因為疫情，她失業了，富井美紀這個名字再度消失，她再一次變回

山本美紀。

她突然記起，富井美紀第一次消失時，她在深夜裡寫給自己的信，那是一封告別自己姓氏的信，是一封告別與自己家人共同連結的信，她現在只想把信找回來。

送女兒上學後，她重新回到家裡到處翻找，擦得一塵不染的地板，現在布上一層薄薄的舊灰，參考整理收納術整齊疊起的衣物，現在也在床上被凌亂的堆成一座小山，美紀還在繼續找，她一定要找到。

反正弄亂了，也是她自己收拾。

待業中的她，其實工作量一點都沒變少。唯二的改變，第一大概就是薪水的多寡，因爲做家務沒有支薪，也不會支薪，也無法談薪，那就是山本家媳婦的基本工作。第二則是她的名字，不論山本美紀還是富井美紀，都沒有人會叫了，她現在只是「山本太太」，或是「小奈的媽媽」。

現在在床上呼呼大睡的那個人，

上禮拜才跟我說，
「美紀就算改了姓，跟家人之間的關係還是不會變的呦！」
「我每年都會帶美紀去墓園看妳爸爸媽媽的。」
對啊，只是改了姓氏而已。
難道不是因為你不用改，所以才講得那麼輕鬆嗎？
你難道不知道法律寫的是「夫妻同姓」？
怎麼就這麼確定是我改成跟你同姓？

但讓我更生氣的是我自己，
我竟然也覺得，
富井美紀的消失是必然的。
我的掙扎，我的哭泣，甚至是我現在寫的每個字，
都只是無謂的掙扎而已，
難過以後，我還是會接受這樣的結果，

因為富井美紀愛著這個男人，

所以，我應該要愛到連自己的名字都可以改掉。

九月二十八日，新冠肺炎的全球死亡人數突破一百萬，美紀送小奈去學校以後，傳了訊息叫孝宏負責接小奈下課，然後就離家出走了。

美紀去了之前在新聞上看到的各種「臺版日本景點」的地方，之前在旅行社工作因爲只負責日本線，她從不知道臺灣原來留有那麼多日本遺跡。平日的旅遊景點總是人煙稀少，但自從沒辦法出國以後，就算是平日，到處都還是很熱鬧。

美紀站在當年被國民政府「去日化」破壞到少了一根的灰色鳥居前，她想起國中的時候，媽媽曾帶她到神社許願。

那一天人眞的很多，她跟媽被人群擠散了，好不容易找到在附近巡邏的警察，警察帶她回家時，卻發現媽媽還沒回家。

幾天後，沒有穿制服的警察跑到家裡來說，他們是刑警，最後在河裡找到了媽媽。

「自殺、意外、他殺」

現場的疑點讓上述三個可能性輪流浮出檯面，她記得刑警不斷問：「是媽媽鬆開妳的手的嗎？」

美紀說，對，是媽媽鬆開了我的手。

雖然她很清楚的知道，媽媽並沒有鬆開自己的手，是因爲她想吃章魚燒，所以拉著媽媽一起走到攤位前，是美紀自己鬆開了媽媽的手，找零錢給老闆，然後接過章魚燒，當她端著熱呼呼的章魚燒轉過身去時，媽媽已經不見了。

章魚燒上面的柴魚片，還在熱氣中舞動著。

她知道媽媽不可能丟下她，因爲她有聽見媽媽對神明許的願望，但是現在，媽媽已經變成一個不再能爲自己說話的軀殼，所以，她才更希望讓媽媽以自殺被結案。

這樣才會有人知道，奶奶平常是怎麼對待媽媽的。

尤其自從美紀出生後，媽媽成爲了必須犧牲工作，在家帶小孩的那個人，然後因爲都在家裡，所以要「順便」照顧公婆起居。

奶奶的臉色永遠是這個家最難解的題，就算媽媽解讀正確，奶奶也會認爲那是媳婦的本分；如果媽媽解讀錯誤，那就是一道用再多的道歉也無法挽回的裂痕，未來再發生衝突時，刀子還會繼續往裂痕上割，直到傷口滲入心脾。

兩個前後換成同一個姓氏的女人，一起生活在這個姓氏的家裡，卻沒能活出一家人的樣子，除非一家人的樣子，就是誰可以絕對壓迫著誰。

可是案件調查到最後，刑警叔叔卻說這是他殺，媽媽運氣不好，遇到了近日在這區出沒的猥褻犯，爲了不讓壞人得逞，媽媽奮力抵抗，最後被推進了河裡。

結果，奶奶卻依然記著美紀說的那個「媽媽鬆開手」的謊話：「眞是個自私的女人。」

突然，她想起了小奈，她的寶貝女兒。

應該說，整個路途上她一直都在擔心小奈，可是她不知道自己該怎麼辦。

她不知道怎麼面對自己的女兒，她怕失業中的自己是不是已經對女兒示範了，她自己也不認同的女人的未來。

包包裡，那封富井美紀在第一次消失前，寫給山本美紀的信靜靜躺著。她很想知道，身爲女人，究竟要到何時，才可以用最完整的自己活著。

手機裡，有一條新聞推播通知。

「我的婆婆殺死了我！苦媳遺書全網瘋傳，律師慟：老公在幹嘛」

他應該，在上班吧。

就像結婚前，結婚後，生小孩前，生小孩後一樣。

畢竟山本家，永遠是他的家。

美紀啊，山本美紀。

妳會是一個怎樣的人呢？

會離富井美紀很遠嗎？

還是會很瀟灑的，

把山本美紀活得像富井美紀一樣？

媽媽那時在神社的願望妳還記得嗎？

她說，希望美紀可以活出跟她不一樣的人生。

所以妳應該，不會讓富井美紀徹底消失吧？

明天以後，希望富井美紀還能一直、一直、一直存在就好了。

美紀的筆觸，只在「一直、一直、一直」上變得深刻有力，儘管我是透過翻拍的照片檔案閱讀，依舊能感受到，當時的美紀縱使有著滿滿不安，仍然相信自己能夠戰勝框架。

我試著聯絡她，然而她卻沒有讀也沒有回，訊息就這樣中止在我的問候裡。我往前滑，訊息滾動到頂端那個曾經生澀的問候、決定要用日文還是中文交談、制式的工作交流、炙熱的歧見討論、驚喜的意見合拍、直到逐漸親密的心事交流。

她就是從那時起，開始向我控訴婆婆的壓力。從剛開始的支支吾吾到放開來傾吐，一樣的事情不斷的重複再重複，只是情緒逐漸激動、用字逐漸毒狠。

我的情緒也在她的負面灌溉下，變得異常低落。於是，我的回覆變得越來越簡短、時間跨度也變得更長。漸漸的，我們對話少了，關係似乎又回到了初始的生澀與客套。

直到最近看到「我的婆婆殺死了我」事件延燒，不知爲何，我直覺想到了她，特地去搜尋她的臉書，才看見這則她這兩天才發布的貼文，她將手寫信翻拍成照片，一張張上傳到臉書，沒有再另外打上任何說明。

我點開不常打開的訊息夾，她的那一格果然又靜靜躺著代表未讀的鮮紅數字，我按進去，裡頭的一路喃喃，宛如是對那封信的交叉詰問。

我這聲遲來的問候在這些血淋淋之下，顯得既單薄又虛假，默默關掉視窗，顯示未讀訊息的數字消失得乾乾淨淨，好像什麼都不曾發生過。

「我有一天，也會這樣嗎？」

一陣不安突然襲來。那些烙印在無數人日常裡的框架人生，我，真的能在其中，自由自在的以完整的自己存在嗎？

九月 September

「我是臺灣人」爆紅

捷克參議院議長Miloš Vystr il在立法院引述前美國總統甘迺迪「我是柏林人」名言，用中文說出「我是臺灣人」，不只獲立委掌聲，還引發全民尋找「沒站起來的立委有誰」，甚至有網站推出「我是臺灣人」T恤。臺灣的防疫有成，讓臺灣的各種樣貌被更多人看見。

十月
October

#洗手乳的味道

辦公室的天花板一角，出現了一小塊深色的汙漬，汙漬的中間隱隱透著濕潤，濕潤的中間正在聚集一滴水珠，水珠則在等待足夠飽滿後就能垂直落下，落在婷琇的鼻尖上。

「啪嗒」，鼻尖上的冰涼讓婷琇全身瑟縮了一大下，她急忙伸手去擦，再確認手上顏色。

是透明的。

天花板的那片汙漬，好像比上個月更深了。

其實上次漏水時已經找人來修過，師傅說是水管的管線問題，三兩下就修好，結果根本撐不了一個月，婷琇的位子又開始獨自下起了雨。經過的同事見狀，好心替婷琇拿來水桶，叫她先像上次一樣接漏水，他會再幫忙通知管理部派人來修，還有些氣憤的說，這次一定要修好。

「像上次……一樣嗎？」看著又放在同一個位置的水桶，婷琇回想起不過才一個月前，那一件跟著天花板的漏水，一起發生在她座位上的怪事。

那個時候，她的座位上可不只是被水滴而已，有時還會出現像是凝露一樣的混濁液體，滑鼠、鍵盤，甚至是馬克杯都留下黏黏的痕跡。

第一次看到時，她直覺是天花板上滴下來的髒汙，不疑有他的直接擦掉。

第二次看到時，她開始覺得怪怪的，擦掉的同時，開始感到些微的噁心。

第三次看到時，她本來想留著問其他同事，這個液體到底是什麼，但又怕是自己想太多了，於是再次抽衛生紙擦掉，只是這次多抽了幾張。

第四次看到時，她再也沒辦法停止懷疑那就是精液，於是她鼓起勇氣湊近去聞。

沒有什麼味道，只有一點點可能是心理作用帶來的腥味。

婷琇直接在位子上乾嘔起來，右手急著在抽屜裡撈找酒精，發了瘋似的將辦公桌噴成一片汪洋。同事見到她的大動作，只是笑她太誇張，等她終於從刺鼻的消毒味中稍微冷靜下來後，才稍微有力氣反駁。

「因為很噁心。」婷琇最後只說得出這種解釋。

是啊，就連性騷擾都只會被當成玩笑跟惡作劇了，她現在的遭遇，更是離奇到連她自己都很難相信，誰又會相信她呢？

「有證據應該就可以了吧？」我說，「如果是眞的，那這個證據完全比其他性騷擾更能指認犯人，因為有DNA。」

婷琇是我之前在某間媒體認識的同事，那時的我們除了工作以外並沒有其他交流，直到她有一次在茶水間遇到豬哥長官，我順手幫她解圍，她才開始跟我說一些心事，雖然後來我們先後離職，偶爾想到對方時，還是會找話題藉機聯繫一下，怎麼也沒想到，這次的話題竟是那麼棘手。

「天花板又漏水了。」婷琇傳來的訊息框時隔一個月，又跳到了最上面。

「貴公司到底是有多破爛……一個月可以漏兩次。」我回。

「破爛才好。」婷琇馬上又回傳，「這樣，我就可以搜集證據了吧？如果再發生的話。」

於是，婷琇開始留心座位上的動靜，但不知道爲什麼，再次出現在她座位上的混濁液體，形態突然有點不一致了，有時是不用湊近聞就能明顯聞到濃厚香味、有時又什麼味道都沒有，看來主要原料似乎變成了廁所的洗手乳，她開始不確定自己在搜集的到底是什麼。越來越焦慮的她，發現自己竟然開始期待著自己的滑鼠上可以出現眞正的精液。這樣的念頭出現後，她馬上又生氣的提醒自己不應該這樣想，可是如果沒有證據的話，她的那股噁心，就再沒有機會得到伸張。

難道，眞的只是洗手乳嗎？但爲什麼洗手乳會出現在她的桌子上呢？

就在她快崩潰的時候，總經理特助突然出現在辦公室，大家爆出一聲歡呼。

陳特助是公司的風雲人物，除了因爲直屬總經理辦公室、自帶高級屬性之外，他待人處事非常謙和，就算是跟工讀生講話，也從不擺出高高在上的姿態，甚至還會記得每個人的生日，主動準備小卡片跟蛋糕幫壽星慶生，甚至連不屬於他工作範圍的瑣事，如果力有所及，也會出手幫忙，儼然就是公司的長腿叔叔。再加上帥氣的外型、修長的身高，完全不知道要挑剔他哪裡，唯一可以挑剔的，大概就是爲什麼會跟在總經理這種豬哥身邊工作了吧。

「說起來，好像就是這個地方有點怪怪的。」婷琇在跟我分享陳特助的爲人時，突然想起了什麼。

「我們總經理就是個大豬哥啊，妳知道的，我有跟妳講過，他就是手不摸女同事死不休。」婷琇回憶，「可是總經理摸出來的性騷擾，最後都沒有去到性平委員會，好像都是直接在陳特助那裡就解決了。」

「怎麼解決的？」我問。

「不知道，但每個提出申訴的女同事，最後都對結果很滿意的樣子。」婷琇說。

「既然陳特助那麼厲害的話，妳要不要去跟他說看看？」我建議。

於是婷琇跟陳特助兩個人，單獨坐在會議室裡。

「特助，我的位子這兩個月常常在漏水。」婷琇先開口。

「我知道，我這次已經請另外一家廠商來修了，會以完全修好爲目標。」

陳特助跟她掛保證。

「謝謝特助。但我其實除了天花板漏水，還有一個困擾。」婷琇說。

「請說。」

「我覺得……」婷琇躊躇了一下，「我覺得有人趁著漏水，把精液灑在我的座位上。」

陳特助臉上的微笑絲毫沒有動搖，婷琇愣住了，這是正常的反應嗎？難道這件事不夠讓聽到的人覺得驚訝嗎？就算覺得我瘋了應該也會有表情的吧？是見過太多大風大浪所以才沒什麼感覺嗎？

還是他早就知道了。

一股莫名的恐懼突然湧上心頭，婷琇趕緊將其嚥下，因爲這樣的猜疑，最後只會讓自己受傷。

「妳在座位上發現了什麼，才讓妳這樣想？」陳特助用安慰的語氣詢問，裡頭沒有一絲否定或嘲諷。

「就是那個……很像洗手乳狀的白色混濁液體。」婷琇努力不講出太粗俗的字，「我聞過了，有些時候是有淡淡的腥味。」

「妳聞了？」陳特助睜大了雙眼，微笑依舊掛在臉上沒有動。

「我爲了確認，所以聞了。」婷琇坦承，「可是因爲太害怕了，我沒有留下證據。」

「但是，只要一想到爲了證明這件事，我還要去保留那個噁心的東西，心裡眞的快要崩潰了。」婷琇越講越激動。

「的確，需要有樣本才可以檢驗是不是精液，然後才會有進一步的動作。」陳特助點點頭表示理解。

「婷琇，如果下次妳桌上再出現那種東西，請妳鼓起勇氣搜集起來，我們才能遏止這樣的行爲。就算不是精液，只是惡作劇，也不能縱容。」陳特助收起微笑，正色的說。

「我知道了，謝謝特助。」婷琇收起剛剛激動的情緒，同時悄悄按停手機的錄音。

「不用謝，給員工一個安心的工作環境是我的工作，謝謝妳讓我有機會做好我的工作。」陳特助怎麼連結語都能下得如此完美無瑕。

就在婷琇因爲陳特助的暖心支持，帶著滿載而歸的正能量回到座位時，她發現陳特助沒有離開辦公室，而是臉上掛著跟剛剛會議室裡的同款微笑，往她的方向直進，最後停在了婷琇握著滑鼠的右手旁邊。

「特助，還有什麼事……」婷琇不解的抬頭看向陳特助。

「婷琇，聽同事說妳很愛乾淨，每天都會消毒好幾次桌子。」陳特助用讚美的語氣，大聲的向整間辦公室放送。

「特助，我們剛剛不是才講過嗎？我擦桌子是因爲那個……」婷琇驚慌的從位子上站起，辦公室裡所有的人都在看著她。

「新冠肺炎期間，就是要像婷琇這樣主動保持環境整潔。」陳特助調大音量繼續說，「聽說妳不只是用酒精，還有用洗手乳擦桌子？」

婷琇瞬間明白，那個幾分鐘前還讓她一定要鼓起勇氣搜集的「證據」，永遠不會再出現了。

「對啊，她的位子不是酒精味就是洗手乳的香味。」同事開始爭相向陳特助分享婷琇的處境。

「特助快點幫她把天花板漏水修好啦！不然照她那樣擦桌子，感覺桌子都要破皮了。」

「如果是水管的話，會不會是漢他病毒啊？可能有老鼠啊！」

「特助！她桌子都濕兩個月了，公司應該要賠給她一桶酒精吧？她都用自己的擦喔！」

「特助，還是你直接給婷琇一瓶新的洗手乳了啦，這樣她就不用一直去廁所擠來用了……」

「我沒有去廁所擠過什麼洗手乳。」婷琇打斷著一片歡樂的氣氛，轉頭看向陳特助深邃的雙眼，明明剛剛還覺得很溫暖的，現在只看到深深的黑暗。

「那些洗手乳，跟很像洗手乳的液體，是自己跑到我桌上的！」婷琇對著辦公室大聲解釋，可是才剛講完她就後悔了，如果這樣有用的話，她何必苦惱那麼久？

如今，自己只是給了辦公室一個新的八卦素材而已，等到有一天她沒聽到這件事的時候，就表示八卦已經是不方便讓婷琇知道的內容了。

「所以，是你們整個部門的衛生習慣都很好耶！」陳特助只是在他的位置上笑著，就輕易將婷琇的呼救與痛苦，緩頰成部門大團結的話語。

一切都是那麼的正常，只有婷琇的世界在崩塌。

「所以那個該死的天花板到底修好了沒？」我沒忍住情緒的質問婷琇。

「我離職的時候，還沒看到有人過來修。」最後選擇離開的婷琇，現在看起來神清氣爽。

「不過，其實那個天花板是不用修的啦。」婷琇不好意思的說，「因爲是我自己弄的。」

「我爲了再獲得一次搜集證據的機會，所以就比大家早到辦公室，偷偷把頭上那格天花板重新弄髒了。」

「其實根本沒有水滴下來，我只要抬頭假裝上面有水就好。」

婷琇沒藏住淘氣的微笑。

「整件事唯一的敗筆，應該就是，我太早把錄音按停了吧！」

如果性騷擾，注定將成爲一個以「檢討被害人」、「起底被害人」爲前提才能舉發的傷害，那麼新的惡意終將因應而生，而且還會吸收掉所有負面的養分，像是新冠肺炎、像是平常刻意管理的良好形象，來讓逐漸茁壯的惡意得以站穩腳跟，再成長爲難以撼動地位的大小，就能輕鬆抹去自己下手過的痕跡。

原本就處在灰色地帶的性騷擾，似乎又往絕望的黑色深去了一階。

十月 October

長榮大學擄人性侵兇殺案

被害人為年僅二十四歲的馬來西亞外籍生，被發現時身上只有一條內褲、一條緊綑頸部的繩索，她曾在一場分享會上說臺灣治安很好。而凶手不是初犯，只是之前都被當「惡作劇」處理。性騷擾、性侵害不該是惡作劇，更何況，沒有一種惡作劇應該被原諒。

十一月

November

#請再給三倍券一次機會

年末將至，因應疫情而生的「振興三倍券」效期也將至，大小商家也都祭出琳瑯滿目的三倍券優惠，很多人都在分享最妥善的三倍券使用方法，也有一些收入被疫情影響的人，因為三倍券而獲得了稍微的紓困，整體看來，這些因三千塊（其實是兩千塊）而產生的煩惱，是幸福的。

媽媽經營的數學教室，自從疫情開始後不但新生變少，總收入也跟著變少，只有帳本上的「ＯＫ」變得越來越多。

第一次發現「ＯＫ」是在月末對帳的時候，那些沒有出現在繳費收據裡的名字旁邊。

通常學生繳費後，我們會開一式兩份的收據，一份交給學生家長，一份留存教室作帳。月末時就會拿出學生總名冊，再依照一張張留存的收據，把收到學費的日期塡寫在繳費學生的名字旁邊註記，所以「OK」是從沒在學生名冊裡出現過的。

可是連續好幾個月末，「OK」就像是學生名冊裡的新品種一樣，開始到處繁衍、增生，成爲習以爲常的存在，但作帳這種細膩工，其實是不允許突如其來的新記號的。一開始，我媽還只是不經意的回答說，那些「OK」都是她寫上去的，表示學費沒問題。

我後來才知道，所謂的「學費沒問題」，其實可以解釋成另外一個意思：「我明白你們有困難，這個月先不繳學費也沒問題。」

原來，看起來只是多了層口罩的日常生活下，還是有很多人的人生已經被新冠肺炎用另一種方式侵入，甚至奪走了原本以爲會一直下去的日常、努力了好幾年的升遷，以及小孩想要學習時就能即時支援的學費。

我媽默默將這些小朋友的「家事」放在了心上，用一個個「OK」帶過這些家裡發生的變故，就這樣一直到振興三倍券正式發行。

那些連包裝都沒有拆開過、原封不動的三倍券，直接淹沒了教室的櫃檯。

當我們還在想著拿三倍券去買化妝品、買衣服、買3C用品、吃大餐的同時，有人卻連打開包裝，看看三倍券長什麼樣子的餘裕都沒有，直接用在了小孩身上，只為讓小孩能再多上一個月的數學課。

這樣的人，比想像中的多很多。

雖然三倍券剛發行時就已經提醒過我媽，如果要收三倍券的話，每張都要蓋章才可以拿去銀行存，她也只是嗯嗯嗯地虛應幾聲，直到現在十一月了，我打開抽屜，三倍券像生日驚喜包一樣滿到炸出來，沒有一張上面有蓋章。

「妳都沒有蓋章？」我驚訝的不斷翻弄著抽屜裡，背面都是一模一樣空白的三倍券。

「一張一張蓋太麻煩了，直接拿去花掉好了。」我媽解釋，「這個月我過生日又有週年慶，搭配三倍券折扣，剛好把東西買一買啊！」

於是，我們一家人各背著一袋三倍券，悲壯的站在因為週年慶，到處都在排隊的百貨公司大門口。

「今天，我們一定要把三倍券都花掉！」我媽壯志凌雲的立下一個聽起來不用遵守也沒關係的誓言，帶頭衝了進去。

如果說三千元是幸福的煩惱，那十五萬會是什麼樣的煩惱呢？

「有人要買電腦嗎？3C商品週年慶滿額有回饋三千元禮券！」

「有人要買衣服嗎？現在買千送百元禮券！」

「有人要買鞋子嗎？」

「有人要買化妝品還是保養品的嗎？」

「有人要買……你們沒有人要買東西的話我們今天幹嘛來這裡？」

連續逛了四個樓層都沒有斬獲，我媽終於爆發。問題是，我們家平常過的就不是隨心所欲、想買就買的生活，而是會反覆拷問對方或自己「是不是真的有需要花這個錢？」現在突然變成「你想要這個？好，買。」的氣氛，實在很難不毛骨悚然，擔心衝動購物下的結果，是讓錢變成了沒有用的形狀，光想想就覺得心有點痛。原來在有限的時間裡，只能把高額的現金花掉不能存起來的感覺，竟然會讓心那麼痛？

「我想喝咖啡。」在存不起來一定要花掉十五萬的目標前，我小心翼翼的舉手，說出自己的願望。

「不行。」我媽一刻都沒猶豫的拒絕了這個在十五萬面前顯然太小的願望，「孩子，一杯咖啡是用不到三倍券的。」

「還是這裡有賣一杯兩百塊錢的咖啡？」我媽眼睛一亮，隨即又滅掉，「為了花三倍券要喝到這麼貴的咖啡，是不是很好笑？」

「有一點。」我誠實的說。

「那妳隨便用現金去買自己想喝的，順便想想，有沒有至少超過兩百元的東西可以買。」我媽嘆了一口氣把我打發走，然後自己轉身走進保養品店。

振興三倍券是由五張面額兩百元、四張面額五百元所組成的，因為有不能找錢的限制，所以至少要買到兩百元以上的東西才能使用。對小資族如我來說，分次花用的話，最好是以面額五百元的三倍券先花起，留下較小面額的兩百元，之後比較好用。

從七月十五日領到自己的三倍券後，本來只需要對自己的三千元精打細算就好，結果現在突然變成十五萬，我價值觀眞的要壞掉了。

等我買完一百元有找的咖啡，我媽已經拿著保養品的欠貨單出來了。

「剛剛店員算三倍券算超久的，因爲三倍券很滑，他最後只能像發撲克牌一樣數。」我媽迫不及待的分享她的第一筆三倍券消費情況，「然後我已經想到可以買什麼了，妳一定不會抗拒。」

「什麼？」我不安的問，明明剛剛一路都已經無欲無求，還會有什麼東西是我無法抗拒的？

「我們去買內衣。」我媽開心的說，「把好幾年分的一次買完吧！」

內衣算是身爲女性的必須消耗品之一，另一樣就是負責盛接經血的衛生棉（或衛生棉條或月亮杯或經血內褲），但因內衣單價高，保養起來又很嬌貴，所以平常總是會等內衣被穿到無法再集中托高，只剩下遮兩點的功能時，才會想去買新的。當然這種更換速度主要是發生在那些對自己乳房沒有太大關心的人身上，對於很在意胸型、支撐度、走路搖晃幅度等等的人來說，頻繁更換自然是必要的。

看來今天，我媽就是要讓我一舉成爲可以頻繁更換內衣的那種人。

我對自己胸部的愛恨情仇，眞的只能從小學五年級開始發育後說起，身爲全班第一個胸前長肉的人，自然是大家關心的焦點，那些還不懂得尊重別人身體的手，不斷往我的胸前與肩帶上伸去；跑步或上下樓梯時，胸前的搖晃交錯著許多炙熱的目光；各種以「奶」爲名的綽號逐漸有了我的樣子，我的背就這樣在成長期駝了下去，只爲隱藏當時胸前的與衆不同。最後在所有女孩都長出胸部的花樣時刻，我的脊椎已經因爲駝背發生嚴重側彎，側彎到又被封了一個「鐘樓怪人」的綽號。直到出社會，各種針對胸部的玩笑與騷擾依舊沒有停止，甚至被開玩笑了，大家還覺得我應該要感到開心，因爲「胸部小的人都在羨慕妳」，而胸部大的人不管講什麼，都會被說在炫耀。

但不管我再怎麼討厭，這終究是要陪我一生的胸部，乳頭在這樣的世界裡依舊是露出就妨礙風化的器官，所以內衣還是必要的，然後現在因爲三倍券，內衣突然變得比以往更加必要。

「妳要去哪一間？右邊是黛安芬，左邊是華歌爾。」我在下手扶梯時，無意識的嚮導了一下，但我媽沒回答我，徑直往右邊走去。

適逢週年慶期間，內衣的折扣也來到了異常驚人的地步，買五送一、買七送二、滿額再繼續送千元百貨禮券，於是我媽很果斷的決定兩個人都「買七送二」各九件內衣，兩個店員一聽高興極了，熱心的分頭介紹起各種內衣，從機能型、舒適型、塑身型、集中托高型，每一種都拿了好幾個顏色跟花樣給我試穿，不同款式可能尺寸也會稍微不同，所以同一件內衣我還要試不只一個尺寸。總之，我足足在更衣室裡待了四十分鐘，穿脫到胸部都快要過敏，才決定好那九件內衣是哪九件。

結帳的時候，我的眼神已經呆滯，恍惚的看著我媽跟店員算著滑滑的三倍券，好不容易兩邊都確認好金額無誤，店員開始往電腦裡輸入資料。

「小姐有在黛安芬留過會員嗎？」店員問。

「應該有吧？」我媽回答，然後報了手機號碼給店員查詢。

「咦？小姐，這邊沒有妳的會員資料耶！」店員驚訝的說。

「啊！」原本坐著的我媽突然跳起，用一臉闖禍的樣子，大聲說出一句讓所有人都跟著驚跳起來的話。

「我走錯家了！我是要去華歌爾！」我媽驚慌失措的說，我忍不住想起稍早我在手扶梯前問她要去華歌爾還是黛安芬的事。

「還是妳要現在登錄也可以，我一樣幫妳累計。」焦急的店員在滿桌子的內衣前，試圖親切的挽回。

「這個月是我生日，我現在登錄的話會有生日優惠嗎？」我媽也很焦急的追問。

「抱歉，這樣這次就不會有生日優惠。」店員爲難的說。

「那眞的是我走錯家了，我想說現在週年慶又是我生日優惠會比較多才來買的，既然現在沒有的話那我只好去華歌爾了……」我媽滔滔不絕的懊惱著，轉身就要走，剛剛在更衣室一路試穿十幾件內衣的辛苦，有如跑馬燈一樣走過我的眼前，多希望這段記憶只是跑馬燈就好，而不是要再發生一次。

我轉頭瞥見目睹這一切的我爸，竟然正看向遠方，假裝是與我們無關的其他客人。

就在我媽真的往華歌爾方向邁出第一步的同時，黛安芬的所有店員突然集結整隊在櫃檯前，朝著我媽的方向一百八十度對折身體鞠躬，雙手還交疊在身前。

「請給黛安芬一次機會！」

當懇切的聲音乘以三，就會是撼動人心的聲音，被撼動到的我也開始望向遠方，然後發現我爸早就身體力行的走到了那個遠方。

「我們黛安芬的內衣真的很好穿，真的很希望您可以試試看！」第一位店員保持鞠躬的姿勢但是抬起頭，迫切的推薦著。

「我會請同仁把所有等級的會員生日禮都拿出來給您挑，全部都會送給您，您今天就是我們的生日會員了！」第二位店員也抬起頭，做出誓死掏空倉庫的承諾。

「我們還會送您一個行李箱，讓您不用提所有東西，輕鬆逛街！」終於第三個店員也抬起頭，搬出了本次生日禮中的最大獎。

我媽重新坐下來。

店員見到我媽重新坐下來，朝著工讀生大手一揮，後者拔腿就衝向外面。

「我現在馬上請工讀生把倉庫裡的禮物都拿出來，請稍候……」店員開心的直起身子，繼續這筆交易。

服務業的偉大，永遠值得宣揚。

「妳是早就知道自己沒有黛安芬的會員，還是裝作不知道。」離開了直到剛剛都還朝著我們方向鞠躬目送的黛安芬超敬業店員以後，我忍不住問了我媽。

「我不知道啊，我其實分不出來華歌爾跟黛安芬有什麼差別。」我媽坦承，「但店員一說我沒有黛安芬會員，我就想起來之前是在華歌爾買的了。」

「可是我們都勞師動眾的試穿了快一個小時，哪還有一個小時去華歌爾試穿？妳等等不是有事嗎？」在黛安芬裡問不出口的疑惑，我現在都想得到答案，因為這真的太不對勁了。

「我知道沒時間，但能省則省，如果爭取一下可以再多省一點錢，不是很好嗎？」我媽祭出她的消費哲學，「雖然今天我們的目的是花光三倍券，但也不能因此就揮霍的花。」

「所以妳剛剛是在試探？」我崩潰的問。

「對啊，沒想到可行。」我媽調皮的說，然後把今天消費的發票統統塞給我，「妳等等拿這些發票去樓下換百貨禮券，我們先回去了。」

我們那時都不知道，百貨禮券，也是有期限的。

「媽！」我氣急敗壞的拿著剛換到手，價值五千塊的百貨禮券打起電話，

「百貨禮券的效期也是到年底！」

「跟三倍券一樣到年底而已！」我又高聲強調了一次，強調著年底前必須花完的錢，又變多了。

十二月了，那些被到處省下來的三倍券還供在玄關的櫃子上。疫情也是，至今仍沒離開我們的生活，帳本上的「OK」也持續增加著。對這些新聞不會報導的家庭來說，這是一場前所未有的難過寒冬，而看起來很太平的臺灣裡，似乎很少有人會注意到這群人的存在。

「我決定聖誕節拿去辦抽獎，給學生和家長抽。」我媽漫不經心的，講出這個她早就想好的計畫。

「然後十二月二十八日再公布中獎人，讓三倍券變成三日券，這樣是不是更像聖誕禮物？」

「最棒的禮物，就是平常很想買，但是遲遲下不了手買的那些東西吧？」

二〇二〇年末，我媽讓振興三倍券，有了再次帶給人幸福的機會。

十一月 November

你有買台積電嗎？

被譽為「護國神山」的台積電，股價在這個月飆破五百元大關，身邊突然很多人開始玩股票或是聊股票，「你有買台積電嗎？」幾乎取代掉「你吃飯了嗎？」成為新的問候語。

十二月

December

#一下下而已　#又不會怎麼樣

本來眞的，只是想買個咖啡就走的。

因爲不想讓家人擔心，我跟戴先生兩個人喬出的空檔都落在非假日，旅遊地點也選在能輕易保持安全距離的臺東。尤其沿著海線玩，基本上可以確保一個完整的半邊肯定沒人，就算冬天的海裡有人，也是在浪上衝，離我們這種全身包緊緊，一拍照就脫下外套用意志力笑著打卡「#是海！」的科技冷漠都市人，基本上就是「沒有社交」的安全距離。疫情期間，這樣的規畫算是裡外都好交代，就是開車的時間稍微久了一點，路上的店也少了些，所以我們中途看見那麼大一間全家便利商店，很難忍住下車走走買咖啡的衝動。

十二月，秋冬防疫專案已經啓動，一定要戴口罩才能進入的場所變多了，其中就包含便利商店，自動門上貼著的「入內請戴口罩」也從勸導變成具有強制力的規定。但不得不說，還是有很多人頂著一張完整的臉，堂而皇之的進進出出，宛如疫情未曾發生過。

戴先生停好車時，我的口罩已經戴好了，用露出來的眼睛示意他趕快也戴上自己的口罩。他看了一眼周遭的空曠，說只是買咖啡，一下下，應該沒關係吧！

「萬一我們遇到未來會被公布足跡的確診者，然後疫調追查匡列時，又發現我們是在沒戴口罩的情況下與確診者接觸，然後再一路跨縣市回家。」我說，「你會變成新聞標題的你知道嗎？」聽到自己有社會性死亡的可能，戴先生聽話的拿出其實真的沒有想像中那麼麻煩的口罩，掛上耳朵，拉開遮住半張臉，再壓緊鼻子上的壓條。

其實這種「一下下」的心態，每個人多少都有，比如說從三樓搭電梯到一樓、到加油站搖下車窗喊「九五加滿！」、走到巷口路邊攤買米粉湯、在公園玩到尿急去公共廁所排隊、講座後主辦單位揪大家一起到臺前脫口罩拍照……

但眞的說出「一下下而已，不會怎麼樣」時，其實就是一種賭，建立在「會不會發生什麼事」上面的賭，而那看似只有一下下的一下下，只要錯了，就可能成爲永恆。

⋯⋯⋯⋯⋯⋯

大概三、四歲左右吧，那時的我已經是會走會跳會跑還很會講話的孩子，但應該還不會有自己的記憶，頂多只會擁有經過大人轉述的記憶。但我自己知道，這一段往事的記憶，絕對是來自我自己。

那天，我跟媽媽在客廳玩，一聲門鈴響起，通知樓下有掛號，媽媽看了看我，又看了看對講機，她說：「媽媽離開一下下，妳一個人可以嗎？」我點頭，她把我抱到沙發上，再次叮嚀我坐好不要動，乖乖看電視，媽媽下去「拿一下下掛號」馬上就回來，只要回來我還在沙發上，就給我巧克力餅乾當作獎勵。

我還記得，那時電視機裡播放的是馬戲團表演，漆黑的舞臺上，穿著繽紛的小丑對著鏡頭打招呼，然後從背後變出四個鮮豔的瓶子往空中輪流丟了起來，看得我蠢蠢欲動，尤其當小丑丟著丟著，竟然成功站到球上繼續丟時，我眞的受不了了，興奮的跳下沙發、撿起地上的皮球，肉肉的小手扶著透明茶几，先用右腳踩好球固定，再把左腳也放到球上，想著在媽媽回來前，學小丑「站一下下」就好。

但我的左腳始終沒能放到那顆球上。

媽媽拿著包裹回到家時，我還聽到她在門廊上喊：「我的寶貝有沒有乖乖……」然後就是一連串的尖叫聲。

我想我媽看到的我，應該是倒在茶几的玻璃碎片裡，下巴插著一片玻璃，我視線裡的紅色應該就是從這裡來的，因爲記憶就停在了這裡。停在看起來好小好小的媽媽，像生氣的唐老鴨丟帽子那樣，丟掉懷裡的包裹、穿著那雙上頭有珠珠的外出拖鞋，踩著玻璃碎片一路朝我跑來，媽媽越變越大，碎片發出了好吃的脆脆聲，就像媽媽本來說要給我吃的巧克力餅乾咬下去會發出的聲音。

變大的媽媽眼裡都是水，她把我抱在懷裡輕拍，白色的衣服跑出紅色的圖案。

那天的「一下下」成為我下巴的一道白色小疤，雖然是一個我沒把頭仰起來指著，就沒人會發現的疤，但終究是留下了二十幾年也消不去的痕跡。

……………………

我跟戴先生走出車外，就算只是出來一下下，也不再是我們兩個人而已的空間，而戴上口罩，可以有很大的機會維持我們目前的健康狀況。

本來打算買個咖啡就走，結果一進店，就看見負責收銀的女店員臉上戴了兩片口罩，為什麼會發現她戴兩片？因為在我們走進店裡的瞬間，她對著我們的方向不帶感情的喊：「先生請你戴口罩再進來！」

我驚訝的轉頭，想說剛剛不是才戴好，一進店裡就摘掉到底是怎樣，結果只看到跟我一起回頭的戴先生後面，還有一個男客人，他整張臉完整到絕對可以一秒解鎖他手裡的哀鳳。

「呃，我口罩放在車上。」男客人尷尬的說。

「請你去車上拿喔，現在都要戴口罩才可以進來！」女店員大聲提醒，男客人摸摸頭，不好意思的走出去了，跟他擦肩而過的，是牽著小女孩進店的媽媽，一看就知道是母女，因爲眼睛嘴巴鼻子眉毛長得都很像。

「小姐，請妳們戴好口罩再進來！」女店員再次扯開嗓門送客，一隻手用力按酒精消毒，再拿杯子按咖啡機，流暢且乾淨的製作上一個客人的飲料，打開冰箱拿出冰塊袋，再壓酒精消毒雙手，然後才將冰塊倒進杯子裡，拿杯蓋前手又壓了一次酒精消毒，才把飲料封口，交給客人後，又壓了好幾下酒精，兩隻手用力來回互搓，繼續忙碌。

原本要點咖啡的我們，發現未戴口罩母女顯然沒有搭理女店員，因爲嗅到一絲火藥味，只好先緩緩遠離收銀臺、退進商品陳列架之間，差點撞到正彎著腰、低著頭賣力拖地的男店員。

「小姐，妳們不能這樣子，在店裡妳們必須戴上口罩。」女店員繼續對著母女大聲提醒，但媽媽好像沒聽到一樣，大步流星的牽著女兒，走到櫃檯正前方擺設巧克力的商品架前面，叫她趕快選一個。

剛好站在附近的我們，眼神的焦點始終無法完全放在那對母女身上，不是因爲母女沒戴口罩，而是因爲女店員的動作眞的太大了，只見她上一秒才消失在櫃檯後面，下一秒就架勢十足的一手插腰、一手舉起迷你大聲公，讓聲音能準確穿過她臉上的兩層口罩，朝正前方的巧克力區全力放送。

「秋冬——防疫——專案——已啓動——」

「入店——不戴口罩——可罰三千——到一萬五千元——」

用畢，她朝話筒噴了兩下酒精擦拭，就算她已經戴了兩層口罩。

這時，店裡所有的視線都毫不掩飾的望向那對母女，媽媽終於有點羞恥心，不情不願的從口袋裡拿出口罩，但不知道是在賭氣還怎樣，沒戴好，鼻子露出來，還看得到人中，這是一種號稱「我有在保護大家但我不需要保護」的方式，但撇除這個看似大義凜然實則自私的號稱，這樣戴口罩，就跟沒戴的意思是一樣的。

只見女店員再次拿起迷你大聲公。

「口罩——要戴——就戴好——」

「可以——戴好——嗎——」

疫情爆發以來，這樣堅持不懈的勸導實在很少見。就算在同樣必須配戴口罩才能搭乘的臺北捷運上，也幾乎沒有發生過。可能是怕被上傳到爆系公社，也可能是北捷派出來巡邏的，都是稽查或捷運警察等執法形象強的人，加上政府一定時間會公布北捷的防疫成果，再搭配其他國家不斷產生防疫破口的新聞，會讓人在搭乘大眾交通工具時自動產生團結抗疫的意識。可是這樣的決心，好像進了百貨公司或便利商店裡就會崩塌，隨處可見不戴口罩逛街購物，或是試衣試色時就把口罩脫下來的人，店員或櫃員多半在「以客爲尊」的壓力下，無法出聲勸導，就算其他客人看不下去提醒了，不戴口罩就是不戴口罩，或是回嘴「我結完帳就出去」這種「一下下又不會怎麼樣」的言論，像現在店裡的這位媽媽，在聽完女店員的一再規勸後，人中以上的臉全紅了，小女孩還拉著媽媽的裙角狂問是不是在說她們。

「一下下而已又不會怎樣！我們買完馬上就走了！」媽媽尖聲對著小女孩，但其實是在跟所有人這麼說。

正當我們轉過頭想看女店員要怎麼辦的時候，一個身影突然快速掠過眼前。剛剛在我旁邊拖地的男店員，現在已經在拖巧克力區前面的地板。

「先生！你在幹嘛？沒看到我們在這裡挑東西嗎？」媽媽十分嫌棄的抱起小女孩跳開，男店員馬上把拖把插進母女剛剛站的位子，開始用力的來回拖。

「先生，我說我們還在買東西！」媽媽又提醒了一次男店員。

男店員緩緩的抬頭，兩隻手還握著拖把。

「可是，」男店員一邊說，一邊又緩緩啓動手裡的拖把，「這裡很髒。」

店裡各處此起彼落的都是倒抽一口氣的聲音，包括戴先生，他甚至還忘情的用手摀住嘴巴以表達震驚（或佩服）之情，我急忙打掉他的手，拉過來噴酒精，因爲他戴著口罩，手不可以摸口罩外面。

小女孩開始哭了，媽媽也急了，指著男店員口罩裡的鼻子，說出那句大家已經猜到的臺詞。

「叫你們店長出來！」媽媽氣急敗壞的施展這可預期的一招。

「我就是店長。」男店員，不，現在應該要叫他店長，店長停下手上絢爛的拖把動作，看著這位媽媽。

「請問，」店長禮貌的打破暫時的寧靜。「妹妹的口罩在哪？」

最後母女兩人什麼都沒買就走了。臨走前，媽媽還在門口裝模作樣的查這間店的電話，然後還撥出去，店裡的電話理所當然的響了，店長竟然還接起來，很好心的與門口的媽媽對視，同時往話筒裡禮貌詢問需不需要提供總公司的電話。

終於，店裡再次迎來大家都戴好口罩的祥和，但這樣的祥和不超過一分鐘，透過落地窗，又一個卡車司機跳下車，他的鬍子狂野的繞了嘴巴一圈，拿著錢包正往店裡走來。

「先生，請出去戴好口罩再進來，謝謝！」女店員這次的聲音，比全家的歡迎光臨音樂還早響起。

就這樣，我跟戴先生一人買了一個便當跟咖啡，坐在便利商店裡的用餐區吃起來，結帳的時候還很小心翼翼的問可不可以內用。

「可以。」女店員說。

「但吃的時候口罩會脫下來。」戴先生緊張的說，眼睛害怕的瞄了桌上的那臺迷你大聲公。

「當然要把口罩脫下來才能吃啊！」女店員在兩層口罩後面笑了：「我們桌上有貼哪個位子不開放坐，保持距離就可以了。」

用餐的過程中，又有好幾組用正臉迎擊的敢死隊不斷入店，有的乖乖返回車上拿口罩，有的跟稍早那對母女一樣，執意要繼續逛，還回嘴說「逛一下下而已又不會怎樣」。

如果說，女店員是一隻手，店長是滑鼠，拖把是游標，那麼堅持「一下下而已」打死不戴口罩的客人，就是女店員瘋狂點擊店長，要用拖把解壓縮的對象，彷彿這樣一直按按按按按按按，口罩就會生出來。

「奇怪欸，你們都有帶口罩，戴起來不就好了。」

其中一個敢死隊被拖把一路逼到櫃檯前，忍不住掏出其實就放在口袋裡的口罩，但是沒戴上臉，還拎在手裡抗議。

於是女店員再次拿起迷你大聲公。

「現在——」

「政府規定——」

「所有人——進便利商店——都要戴——」

「你是人——就要戴——」

十二月 December

臺灣連續253天「本土+0」止步

12月20日，臺灣好不容易保持住的「本土+0」變「+1」，疫調如火如荼的展開，日韓網友見狀紛紛表示羨慕臺灣「只是+1而已」就這麼強力戒備，他們每天看著自己國家上千、上百確診，都已經無感了。但換個角度看…… 臺灣會不會其實才是，最無感的那個呢？

Eurasian Publishing Group
圓神出版事業機構
用心與你對話・視野無限寬廣
圓神出版社
Eurasian Press
www.booklife.com.tw reader@mail.eurasian.com.tw
圓神文叢 301

那一年，那些沒人說的故事

作　　者／少女老王
發 行 人／簡志忠
出 版 者／圓神出版社有限公司
地　　址／臺北市南京東路四段50號6樓之1
電　　話／（02）2579-6600・2579-8800・2570-3939
傳　　真／（02）2579-0338・2577-3220・2570-3636
總 編 輯／陳秋月
主　　編／賴真真
責任編輯／吳靜怡
校　　對／吳靜怡・歐玟秀
美術編輯／金益健
行銷企畫／陳禹伶・鄭曉薇
印務統籌／劉鳳剛・高榮祥
監　　印／高榮祥
排　　版／陳采淇
經 銷 商／叩應股份有限公司
郵撥帳號／ 18707239
法律顧問／圓神出版事業機構法律顧問　蕭雄淋律師
印　　刷／國碩印前科技股份有限公司
2021年7月 初版

定價 320 元　ISBN 978-986-133-771-5

防疫規定就像一把剪刀，硬是將這些時間剪去、並把剪去的時間留在了醫院，畢竟，那終究是屬於死者的人生片段。而這一段缺失，也將成爲始終不懂把握時間的活著的人，永遠的一道缺口。

——《那一年，那些沒人說的故事》

國家圖書館出版品預行編目資料

那一年，那些沒人說的故事／少女老王著.
-- 初版. -- 臺北市：圓神出版社有限公司，2021.07
256 面；14.8×20.8公分. --（圓神文叢；301）

ISBN 978-986-133-771-5（平裝）

863.55　　110007564